KB273297

안
녕
,
여
우

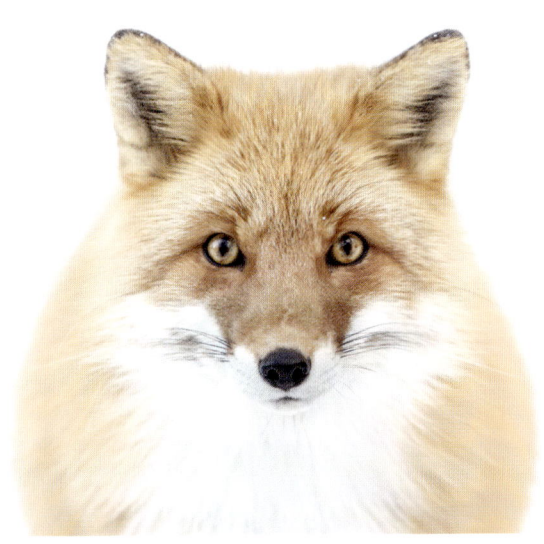

FOLLOW ME FUYU NO KITSUNE

written and photographed by Hiroki Inoue.

Copyright © 2017 by Hiroki Inoue. All rights reserved.

Originally published in Japan by Nikkei National Geographic Inc.

Korean translation rights arranged with Nikkei National Geographic Inc.

/ Nikkei Business Publications, Inc. through BC Agency.

이 책의 한국어 판 번역권은 BC에이전시를 통해 저작권자와 독점계약을 맺은 로즈윙클프레스에 있습니다.

저작권법에 의해 한국 내에서 보호를 받는 저작물이므로 무단전재와 복제를 금합니다.

한국의 독자 여러분께

처음 인사를 드립니다. 사진가 이노우에 히로키입니다.

저의 사진집이 한국어로 번역된 덕분에 이렇게 여러분들을 만나게 되었습니다. 제 사진과 문장이 한국의 독자들께 닿는다고 생각하니 그저 영광스럽고 감사한 마음입니다.

이 책은 일생의 작업으로서 오랜 시간 쫓아온 일본 최북단 홋카이도의 북방여우가 설원에서 살아가는 모습의 모음입니다. 당당한 아름다움을 뽐내는 설원과 겨울 하늘이 내뿜는 오묘한 색의 풍경 속에서 살아가는 여우들의 모습을 담았습니다.

언어와 문화는 다르지만 생명의 숭고함과 자연의 위대함에 감동하는 마음은 분명 다르지 않으리라 생각합니다. <안녕, 여우>라는 열린 창을 통해 한국 독자 여러분이 일본의 북쪽 대지에서 살아 숨쉬는 생명을 느끼게 되고, 나아가 사진이라는 표현의 깊이를 접하는 계기가 된다면 더할 나위 없이 기쁠 것 같습니다. 페이지마다 담겨있는 여우들과의 고요한 한때를 함께 느껴주시길 바랍니다.

추신

이 글을 쓰고 있는 가을 밤, 창밖에 눈이 내리기 시작합니다. 세상이 또다시 새하얗게 덮이려고 합니다. 여우들을 만나고, 또 그들을 촬영할 수 있는 멋진 날이 시작된다고 생각하니 마음이 높아져만 갑니다. 마침 이런 설레는 날에 여러분께 글을 남길 수 있음에 거듭 감사의 마음을 전하고 싶습니다. 독자 여러분 모두에게도 아름답고 황홀한 겨울이 다가오기를 바랍니다.

사진가 **이노우에 히로키**

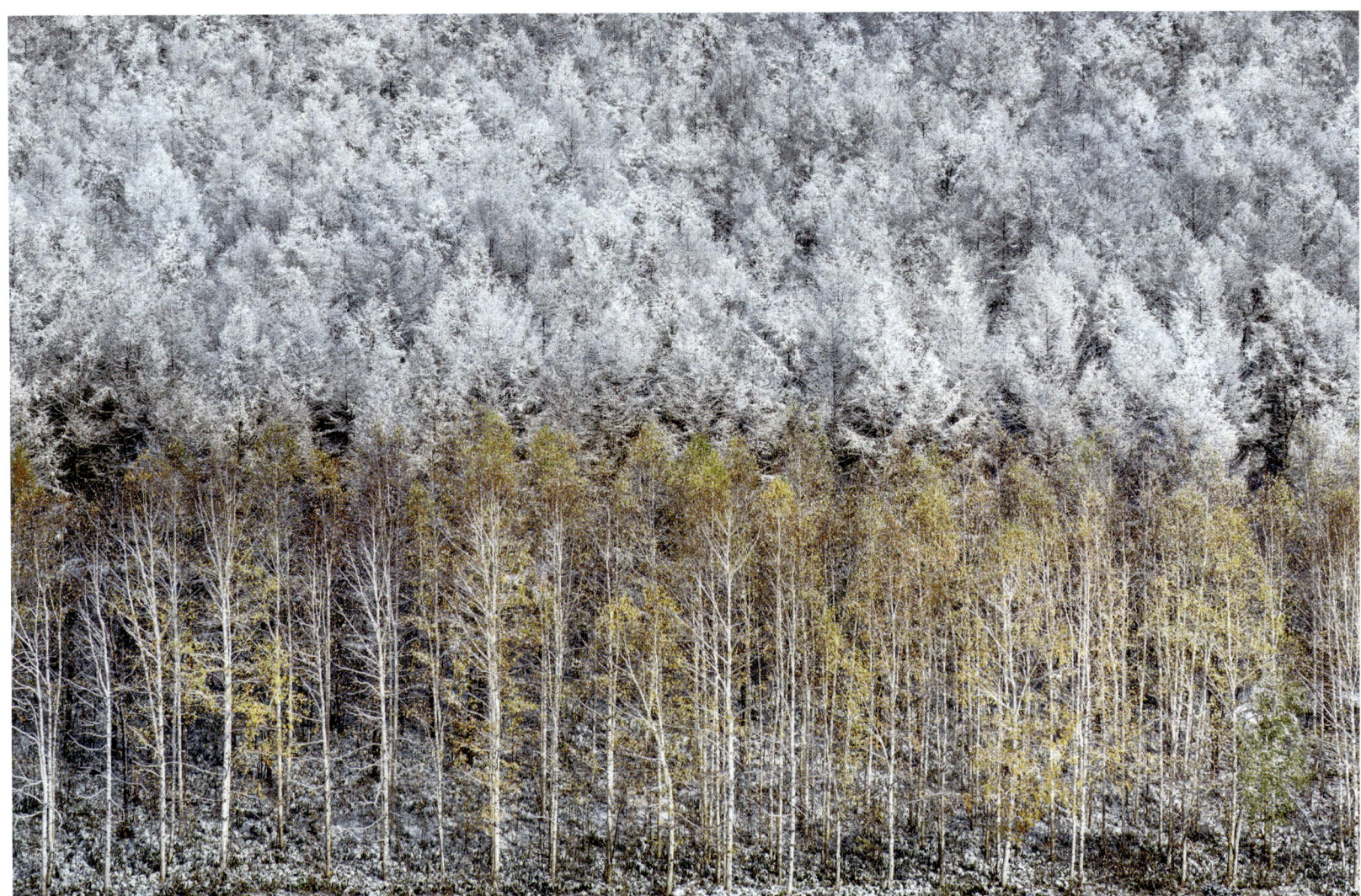

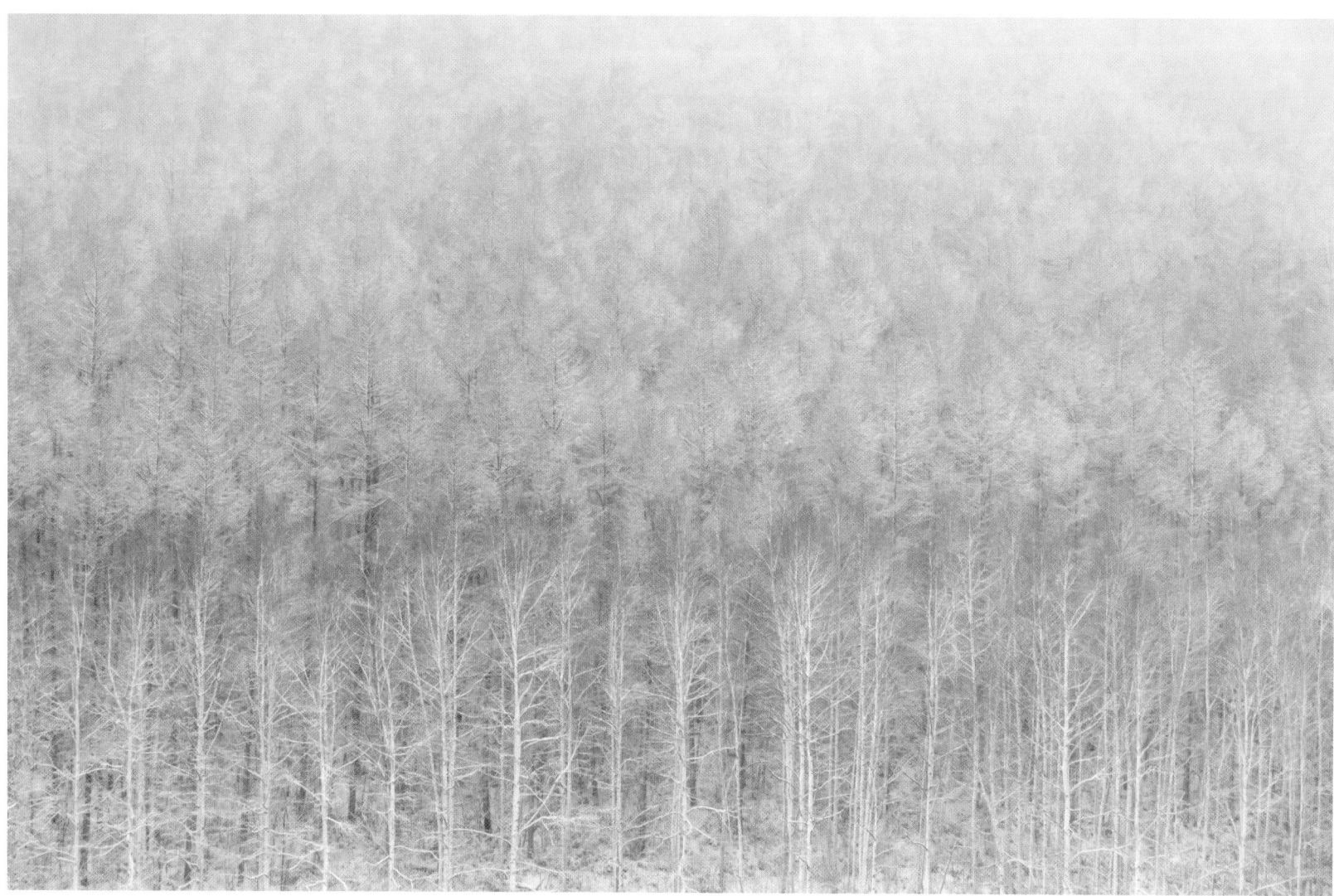

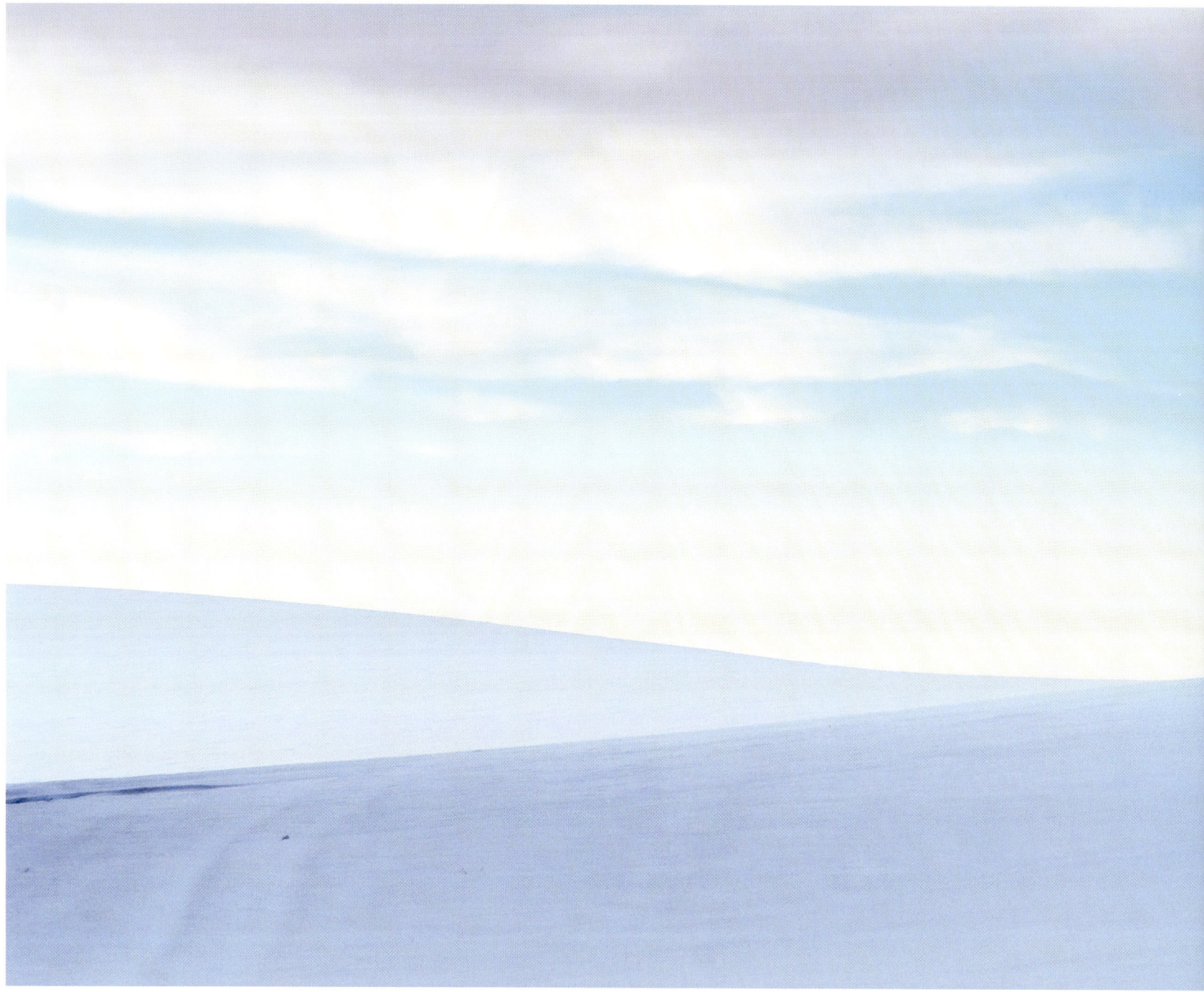

follow me

안녕, 여우

이노우에 히로키 사진·글
박선형 옮김

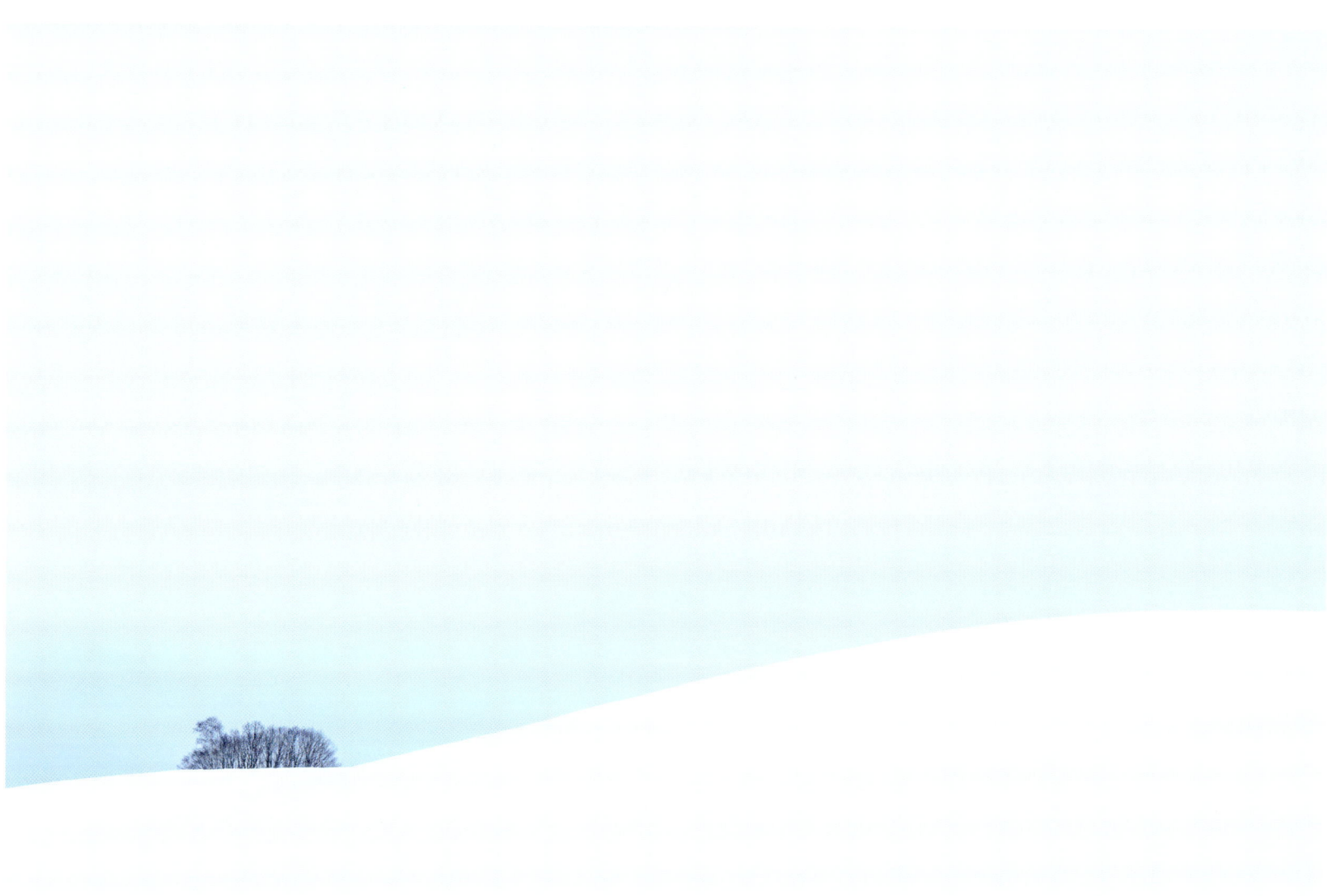

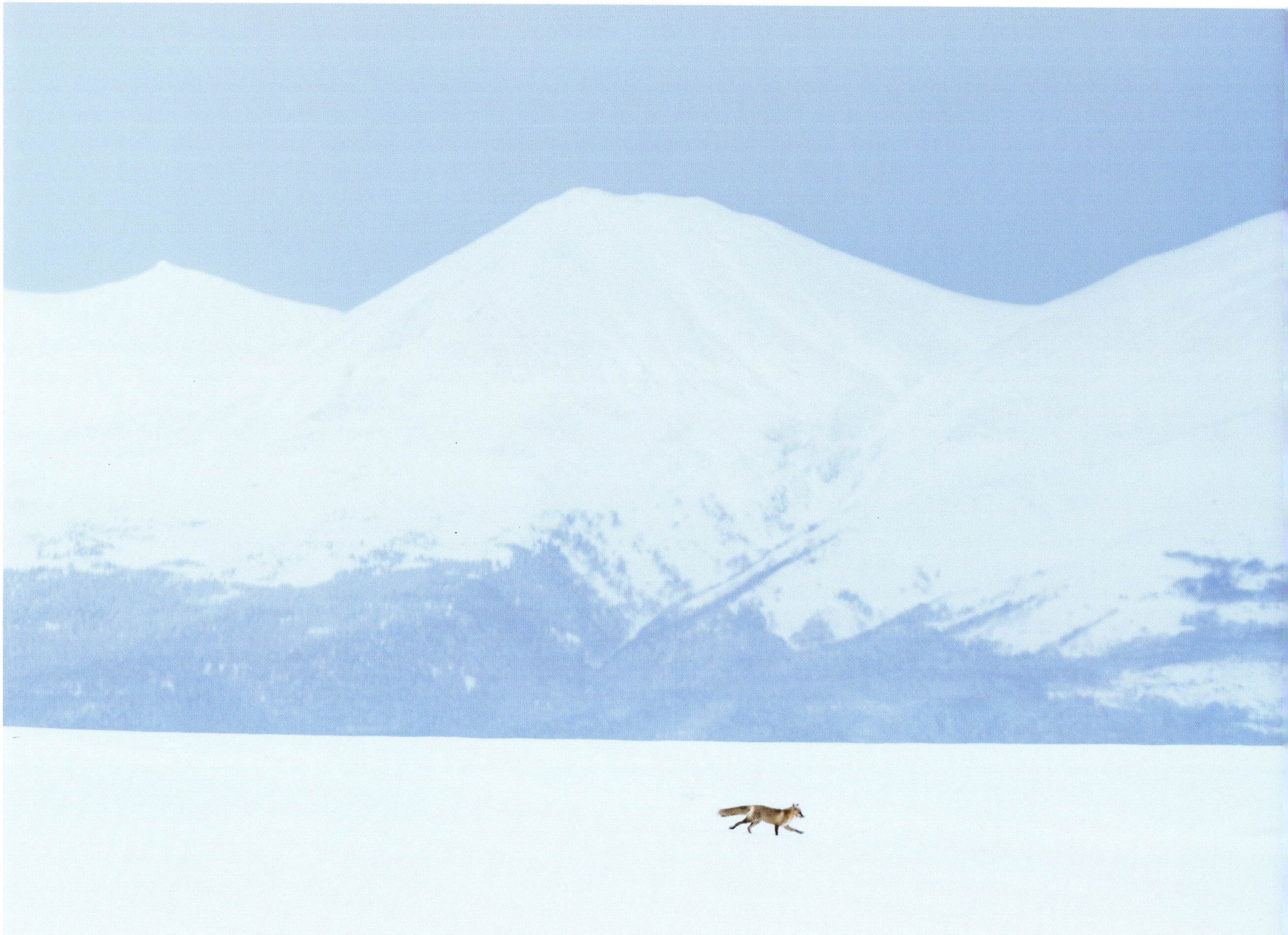

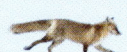

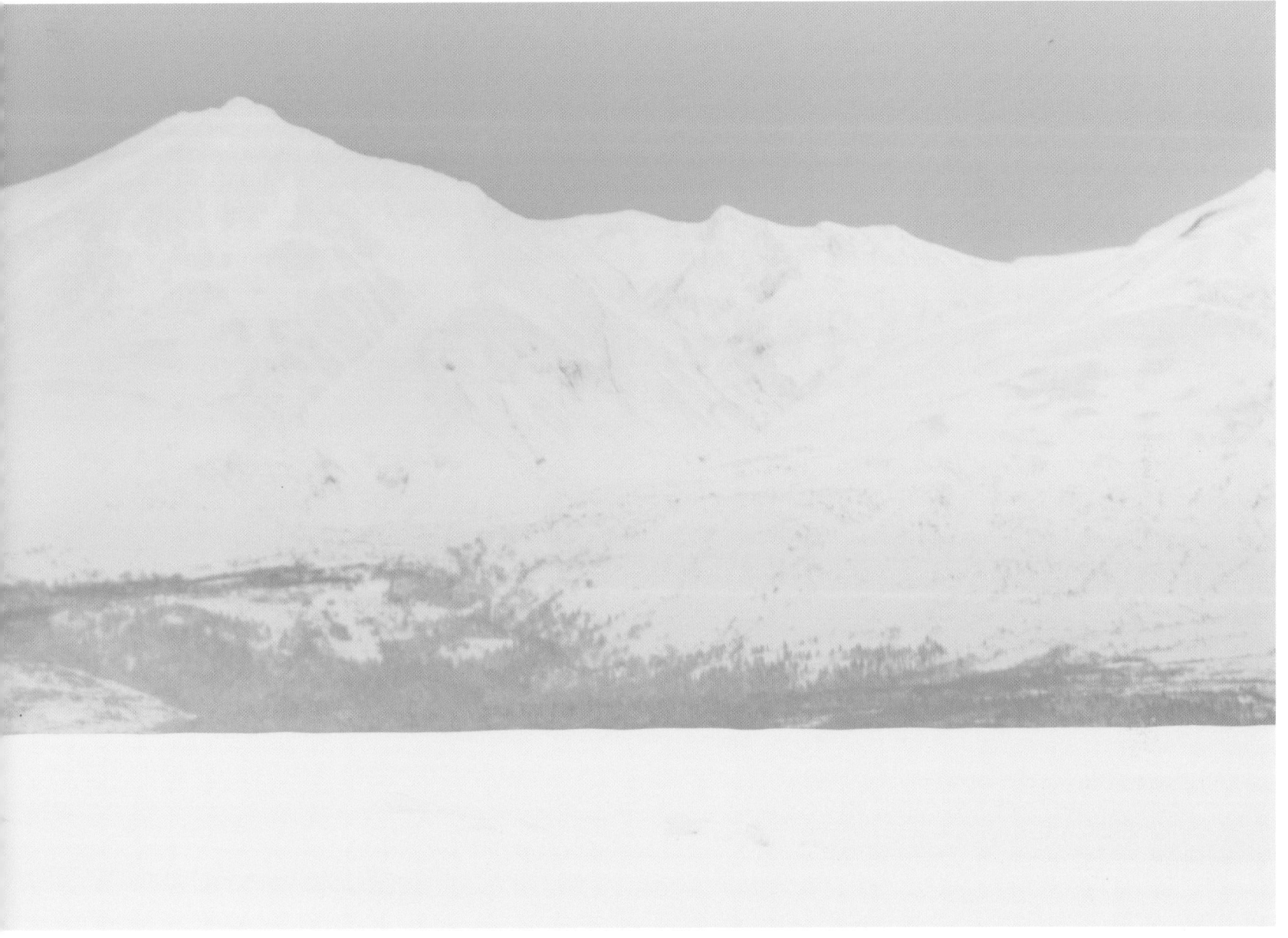

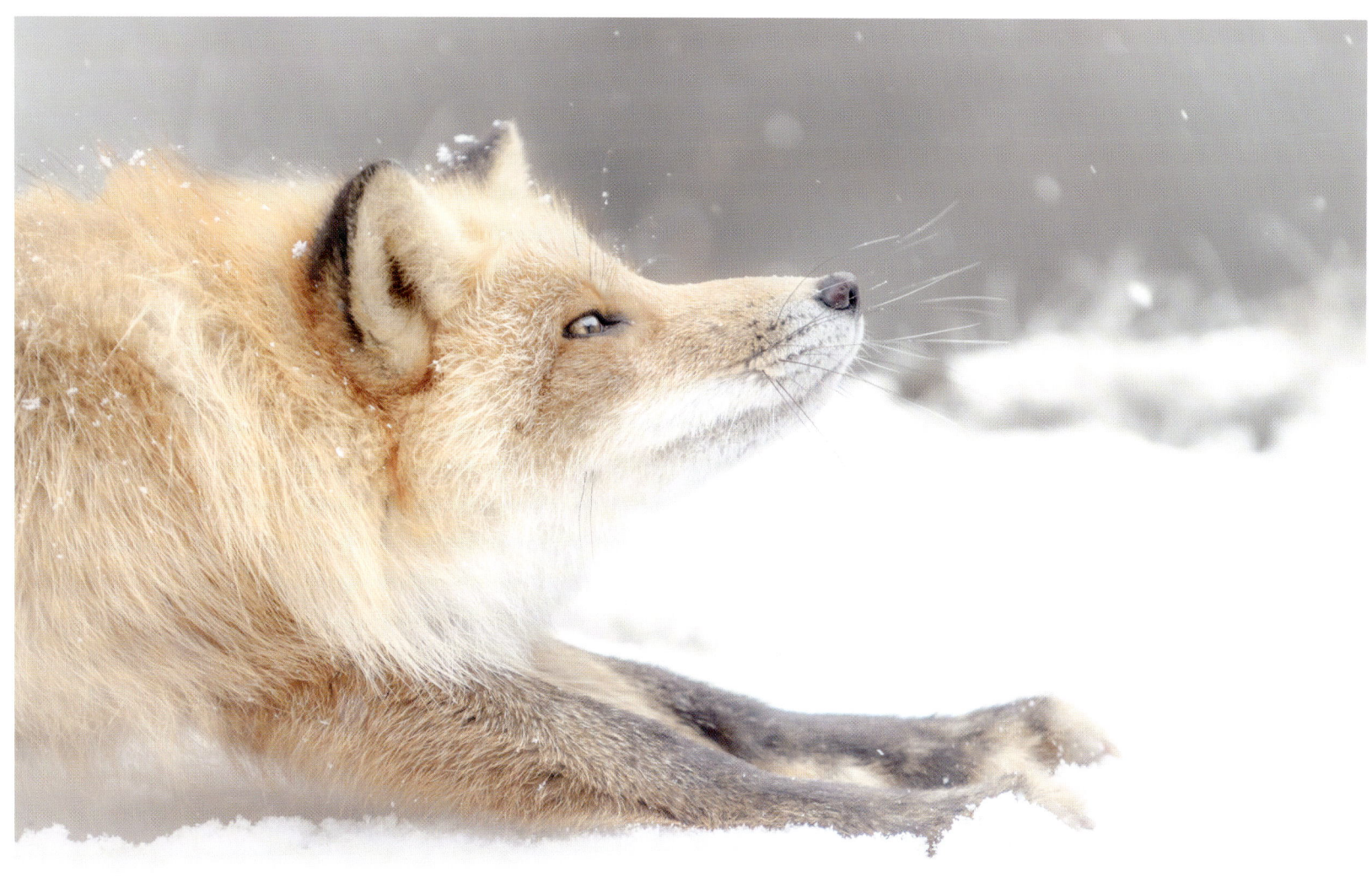

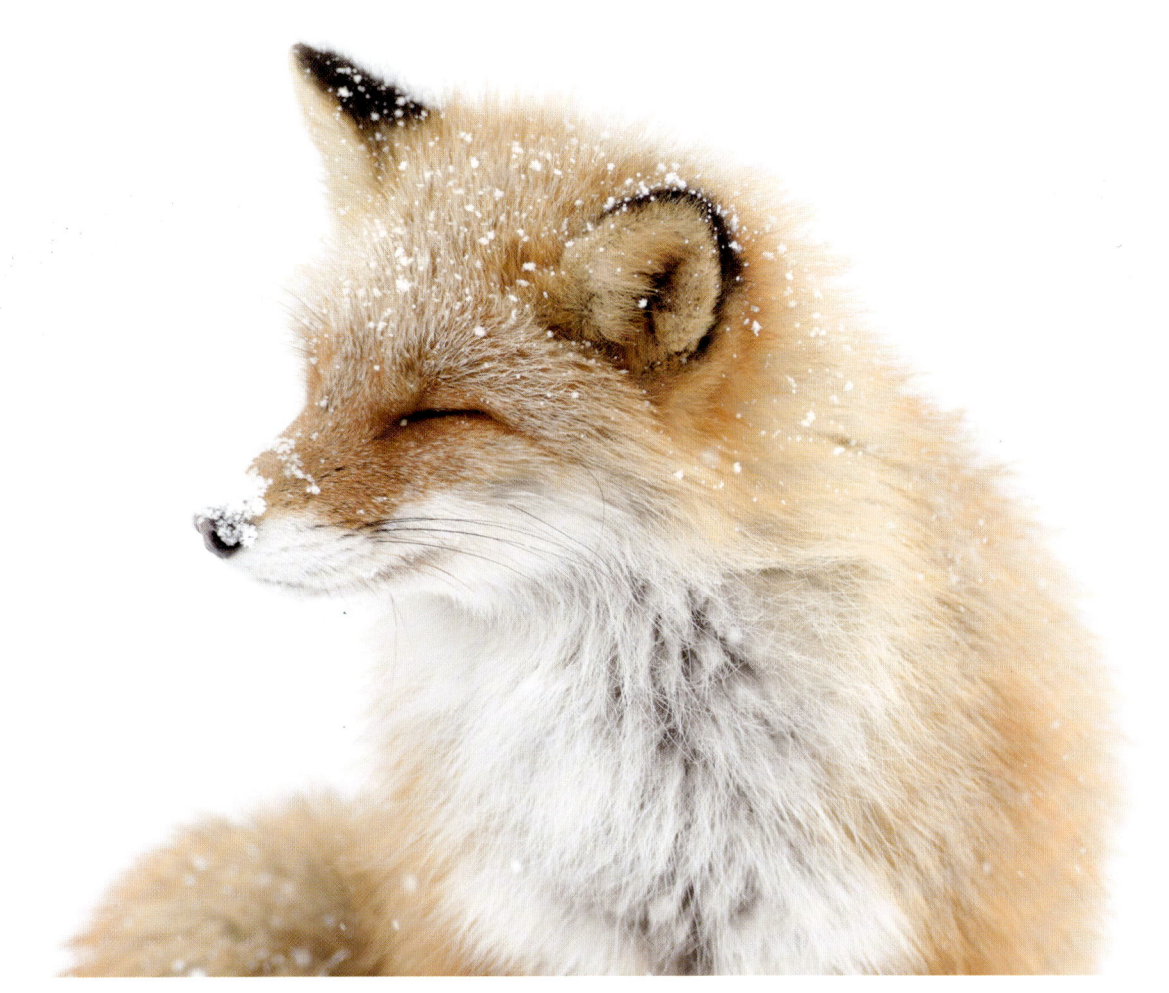

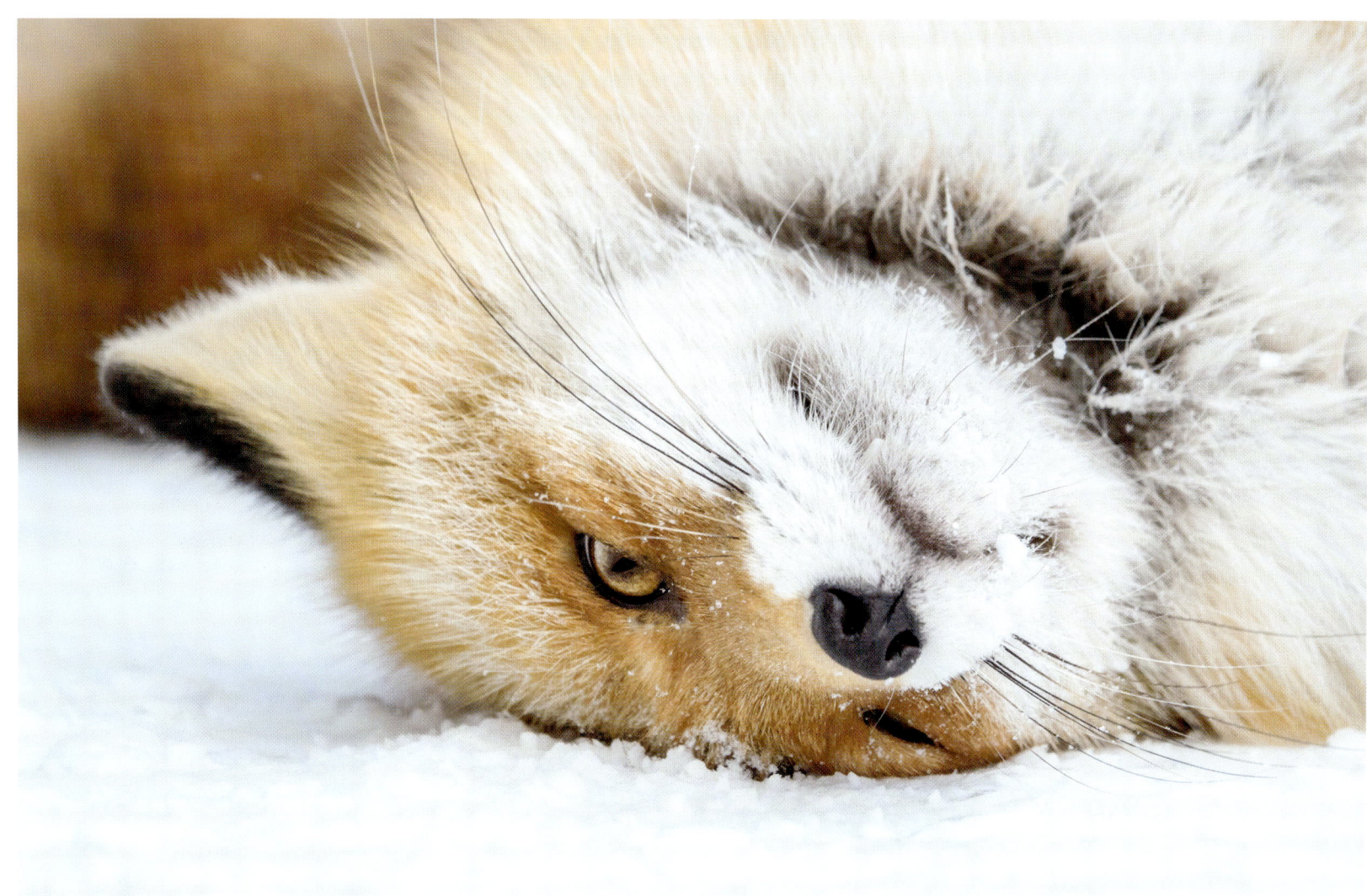

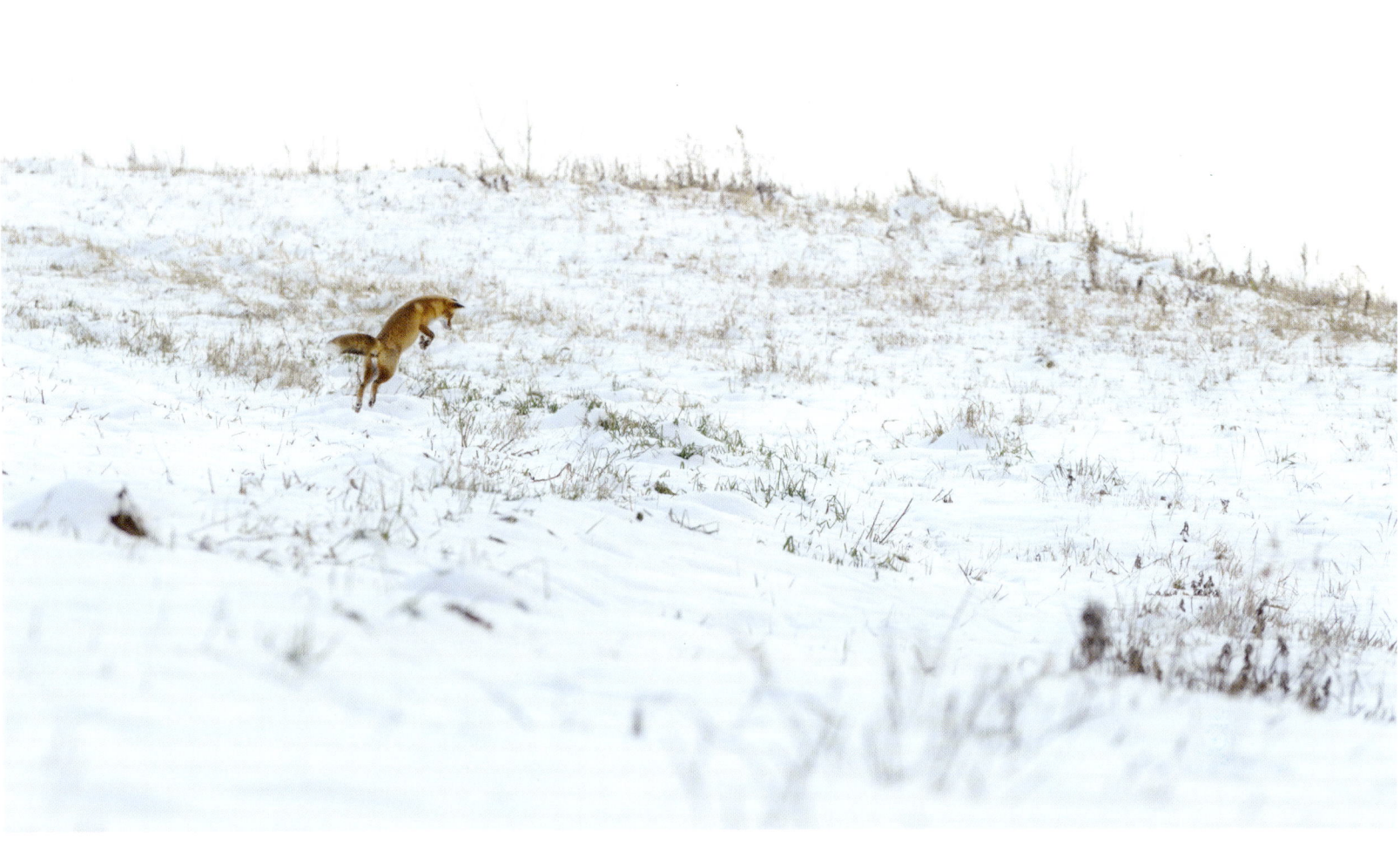

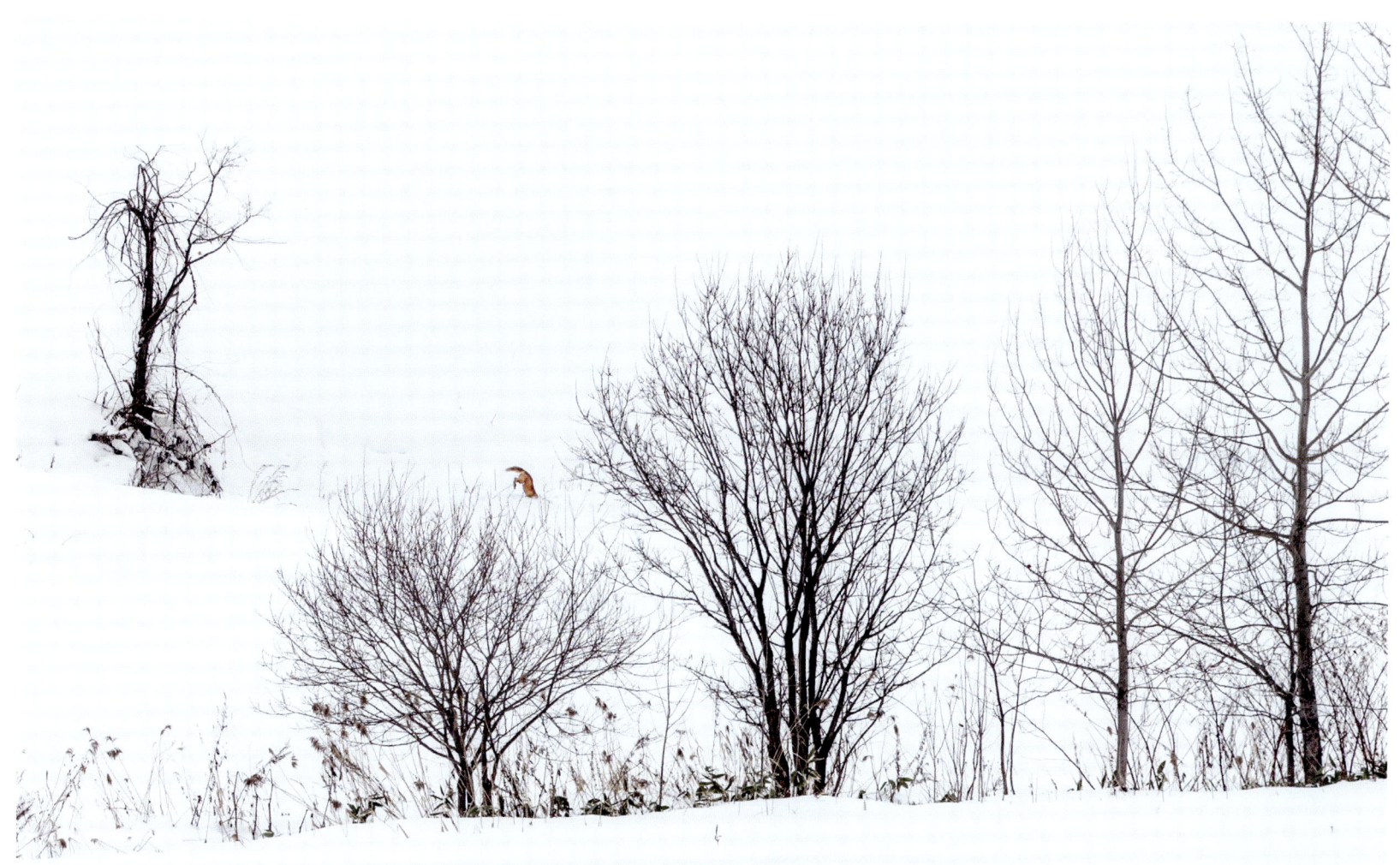

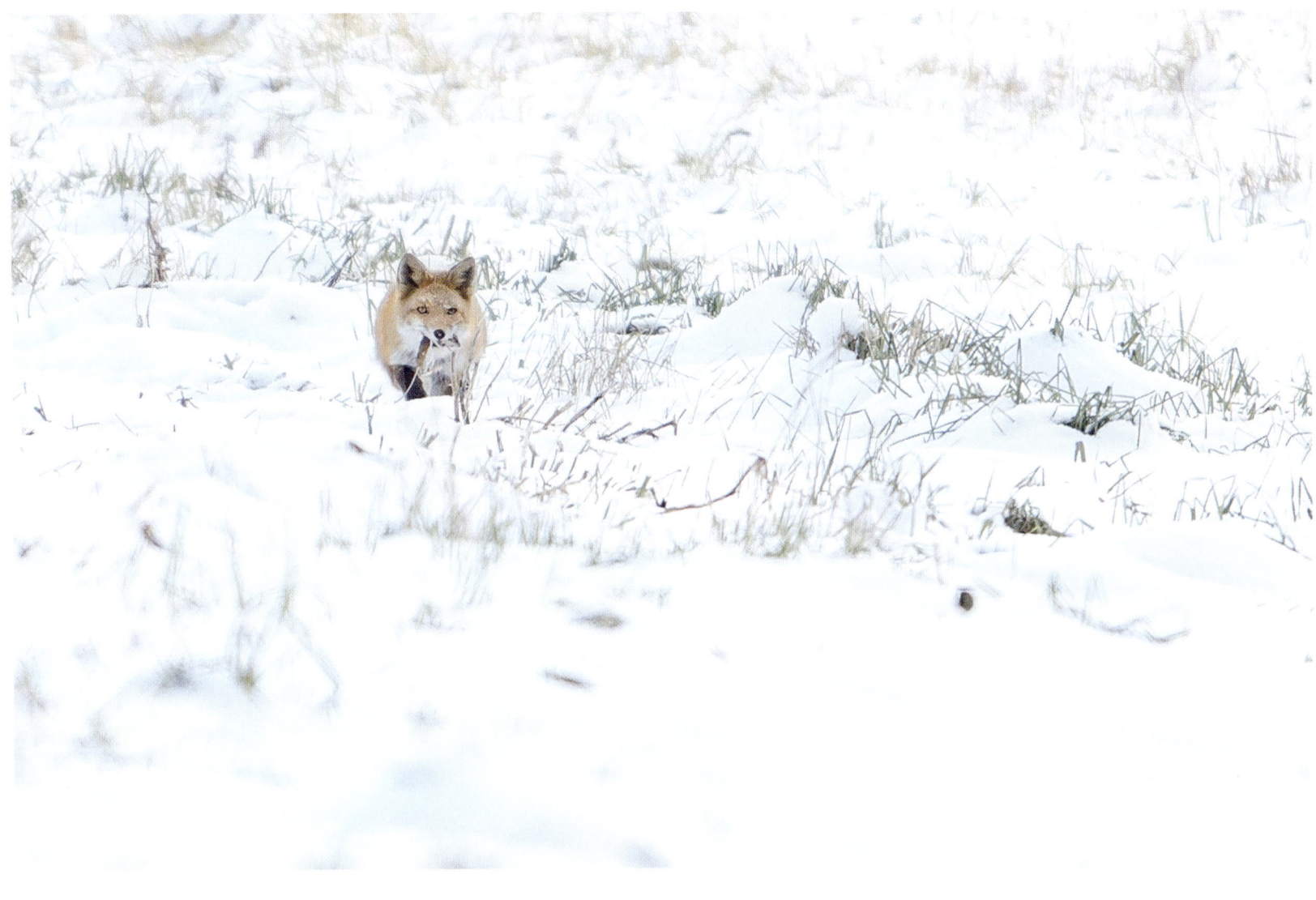

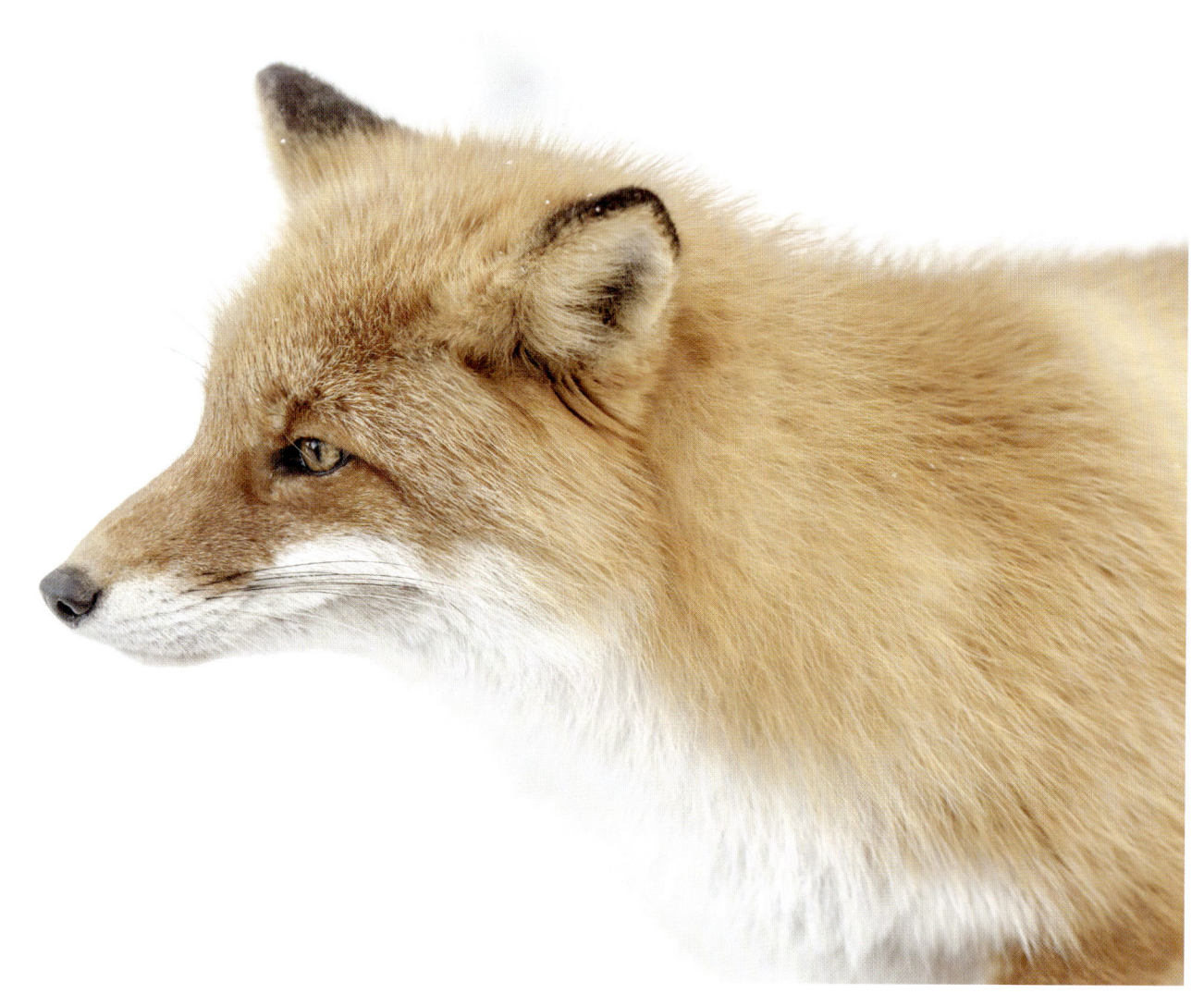

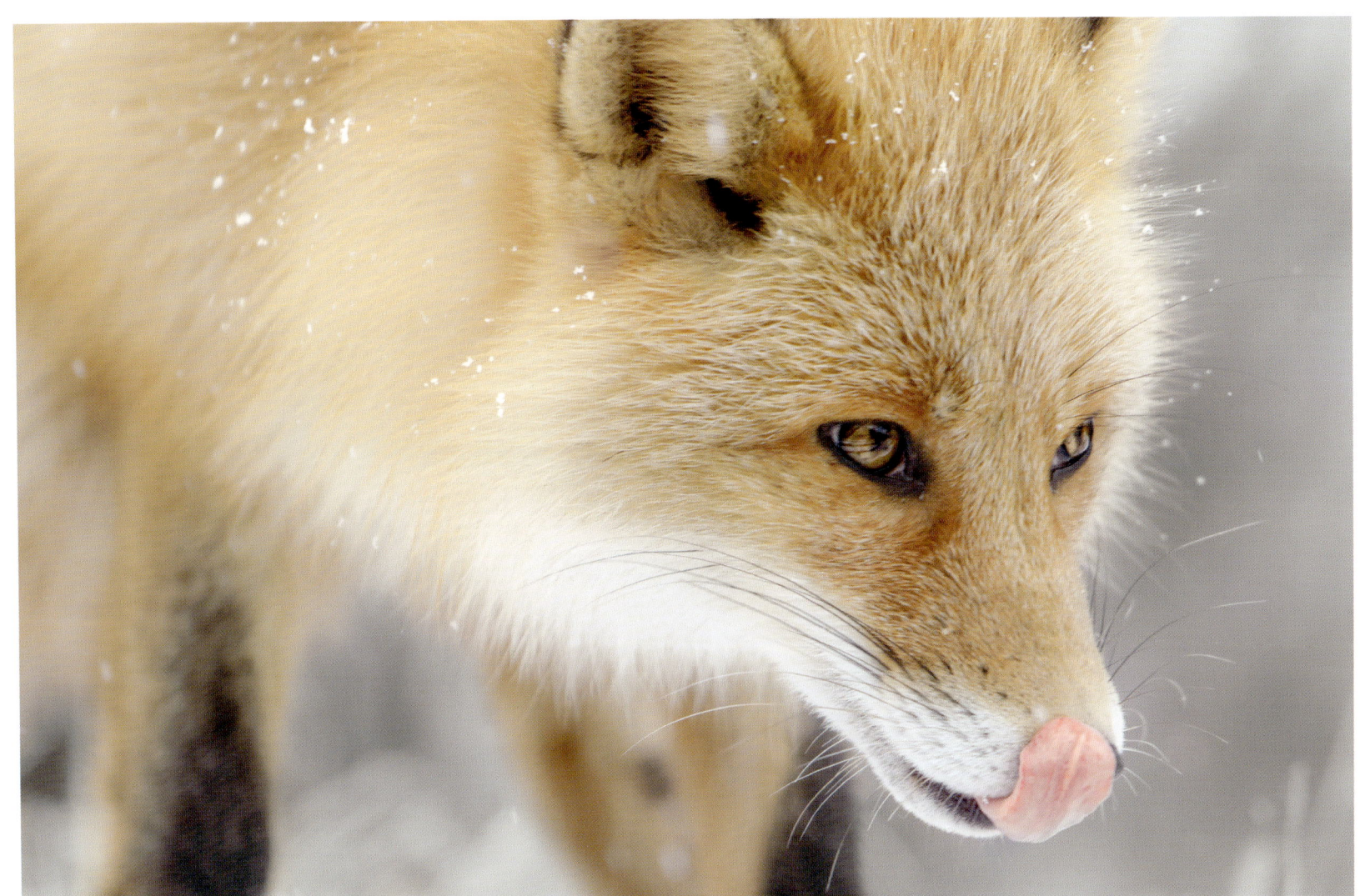

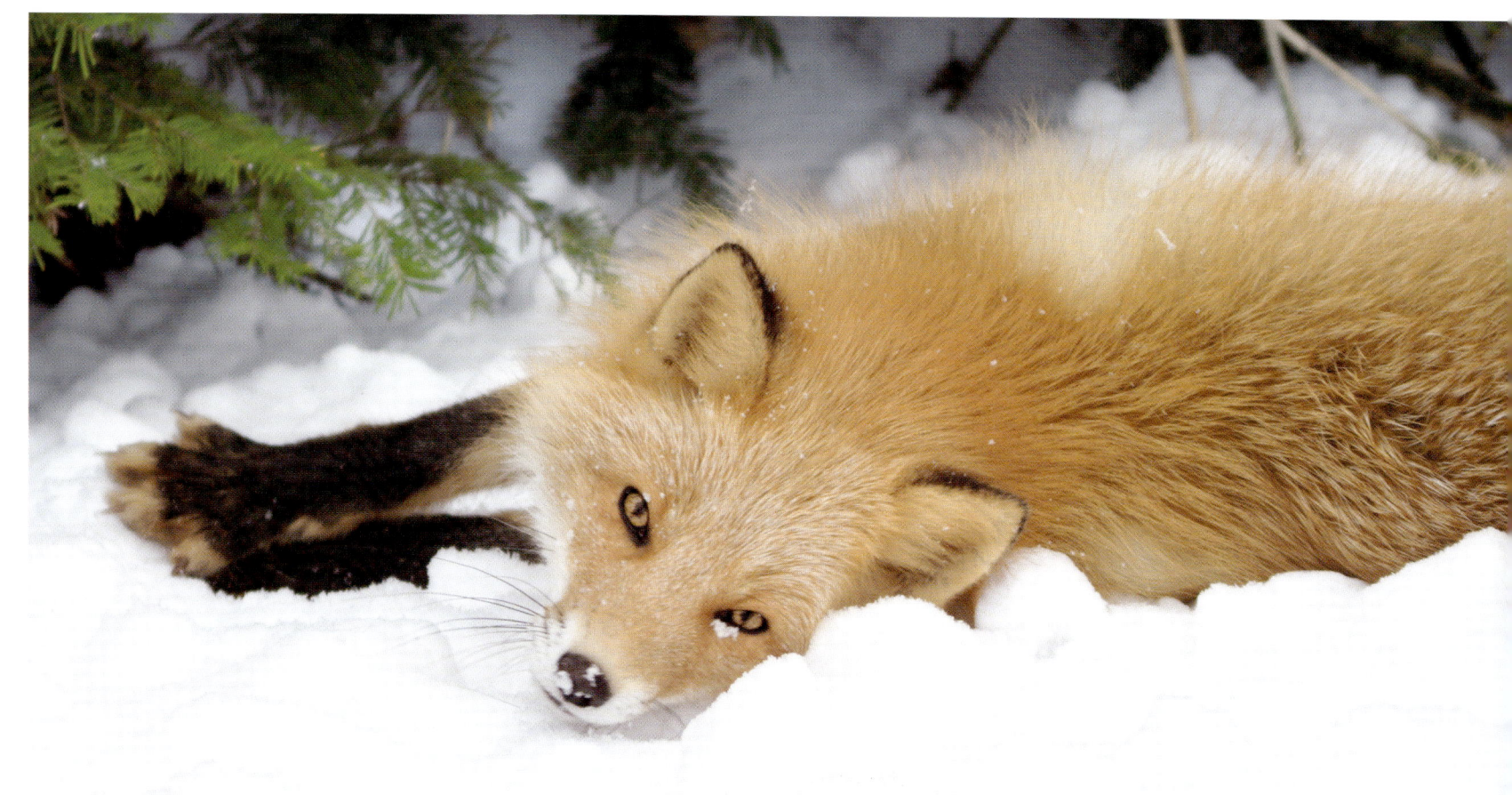

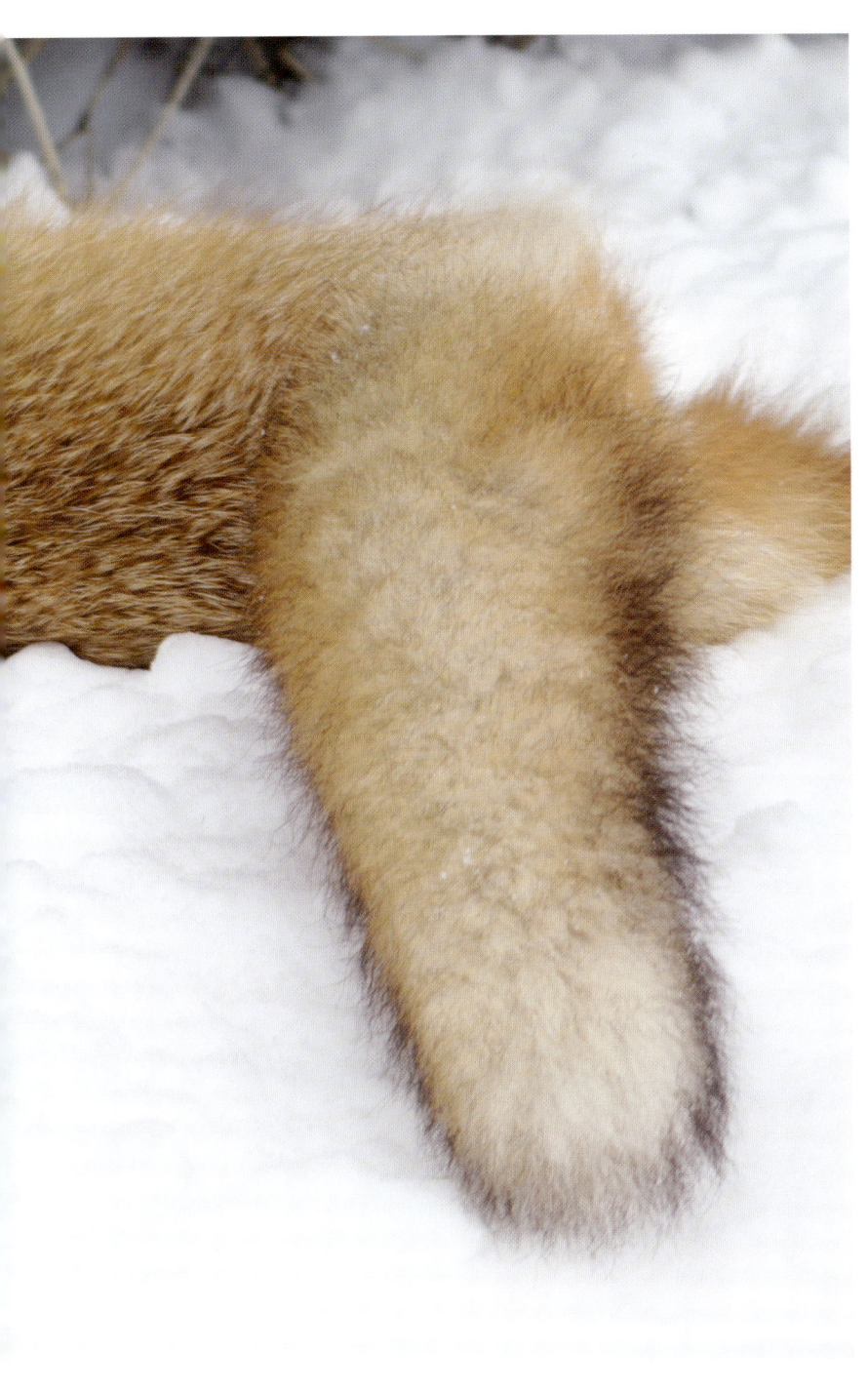

만약 눈앞에서 북방여우가 데굴데굴 구르고 있는 장면을 목격한다면, 그것은 북방여우 입장에서 자신이 목격자보다 서열이 높다고 느낀다는 뜻이다.

북방여우들은 불필요한 싸움을 하지 않는다. 상황이 심각해지기 전에 약한 쪽이 재빨리 몸을 숙이고 항복해 버린다.

그러면 이긴 쪽은 자신의 체취를 남기려는 듯 몸을 구르고 나서 의기양양하게 떠나는 것이다.

그런데, 인간도 그 앞에서 똑같이 굴러보면 어떻게 될까?

나는 직접 북방여우 앞에서 굴러본 적이 있다. 그랬더니 여우가 가던 길을 황급히 멈추고 다시 돌아와서 "내가 이겼다니까."라고 재차 확인하듯이 또 다시 굴렀다.

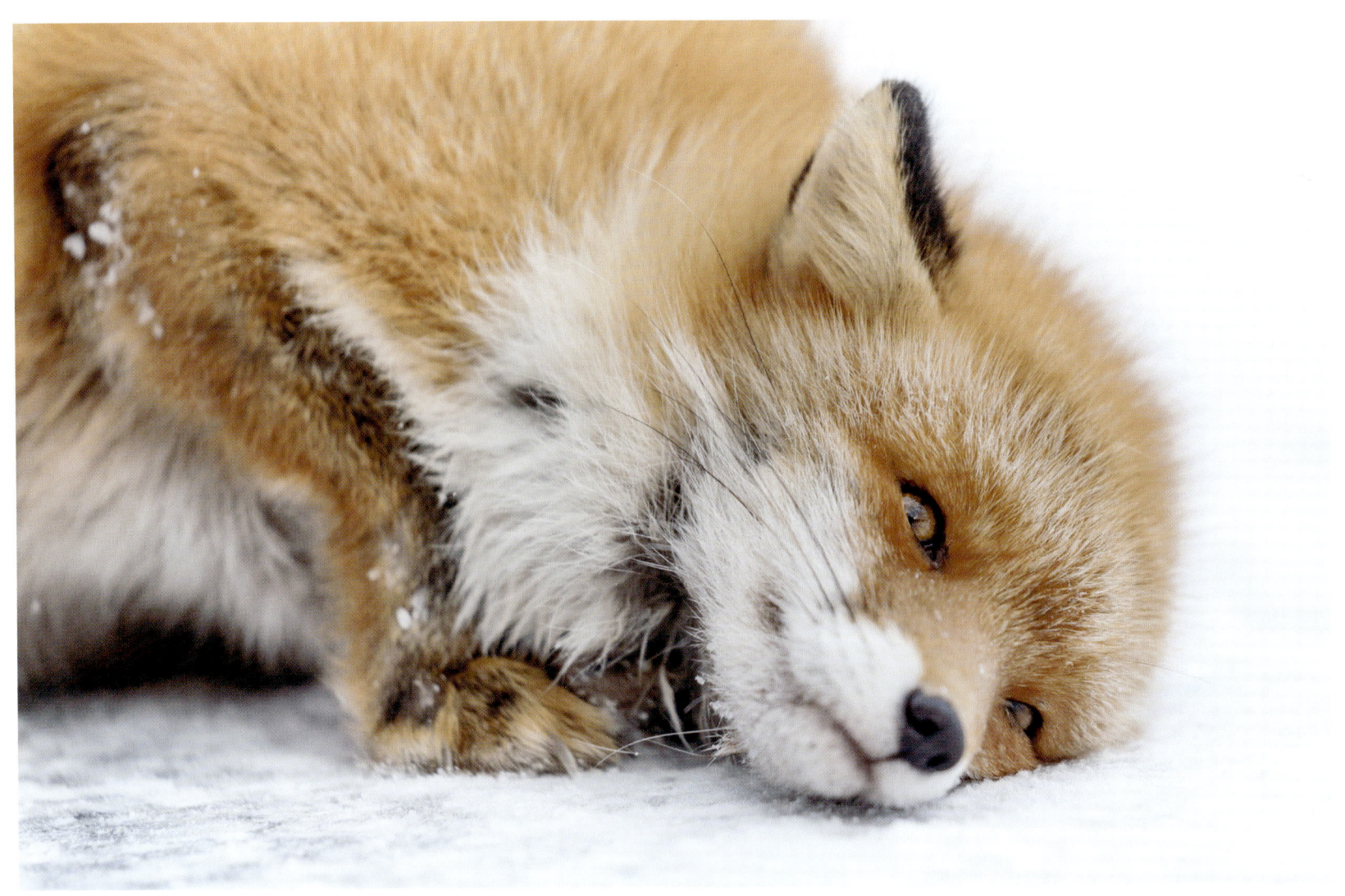

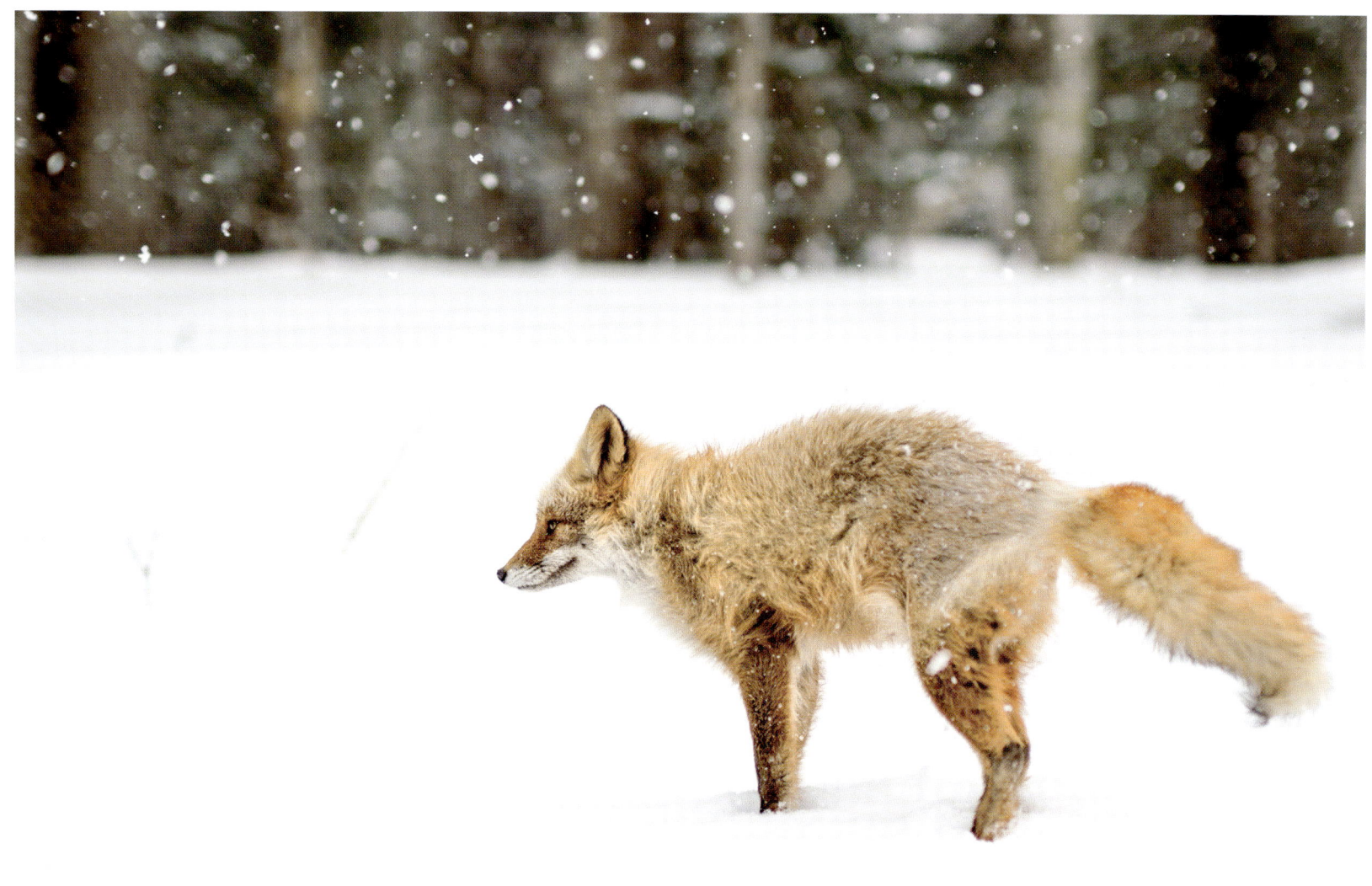

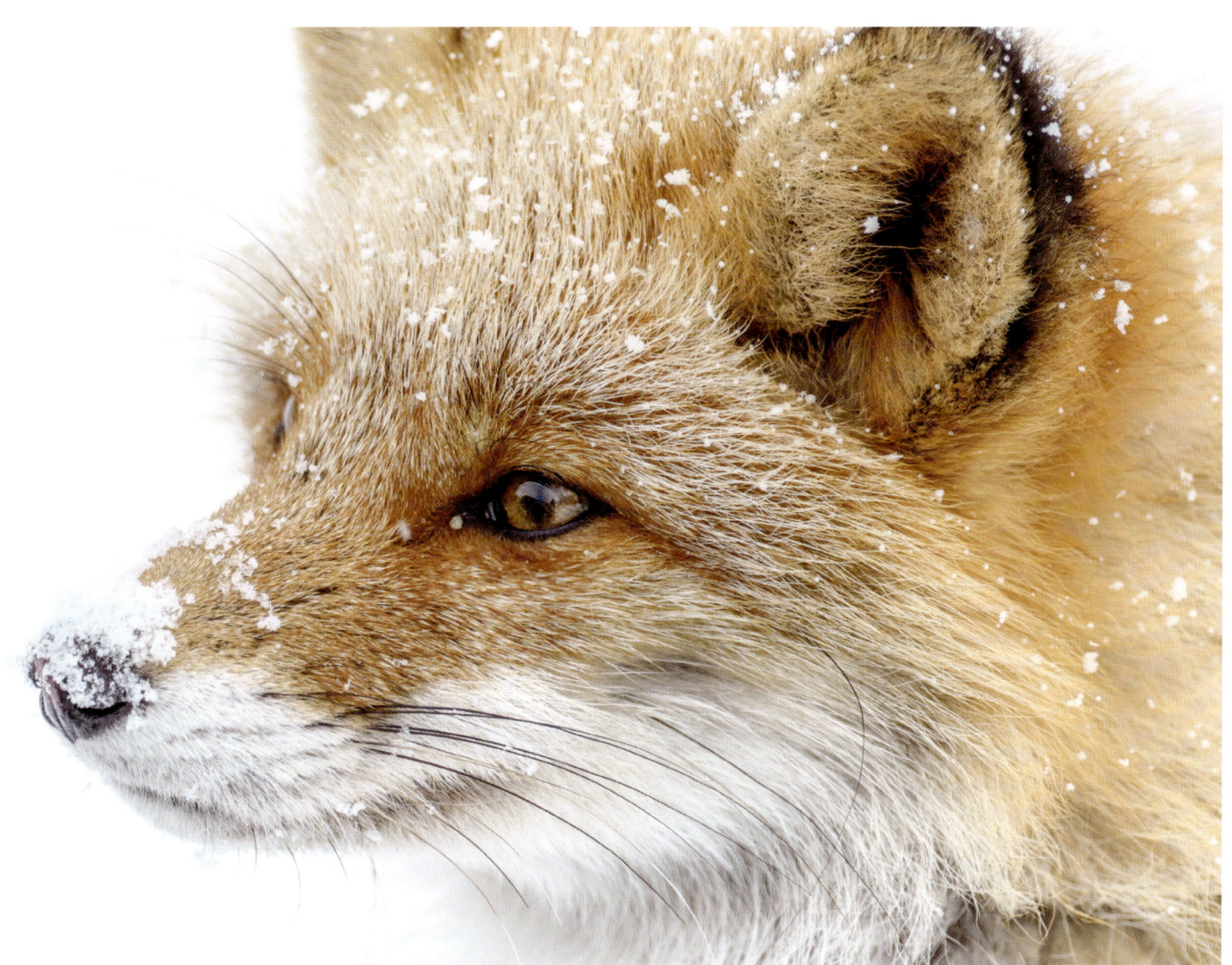

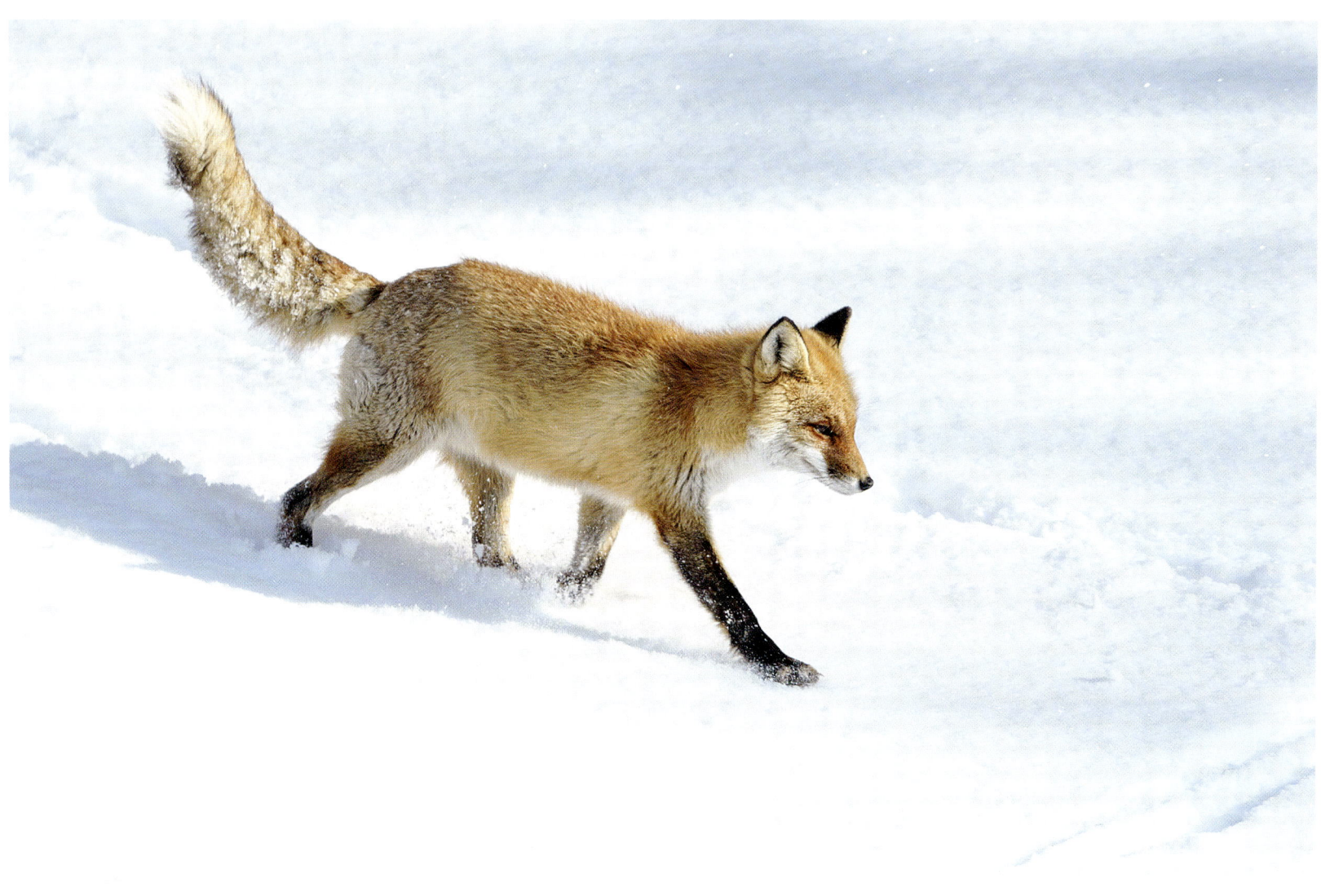

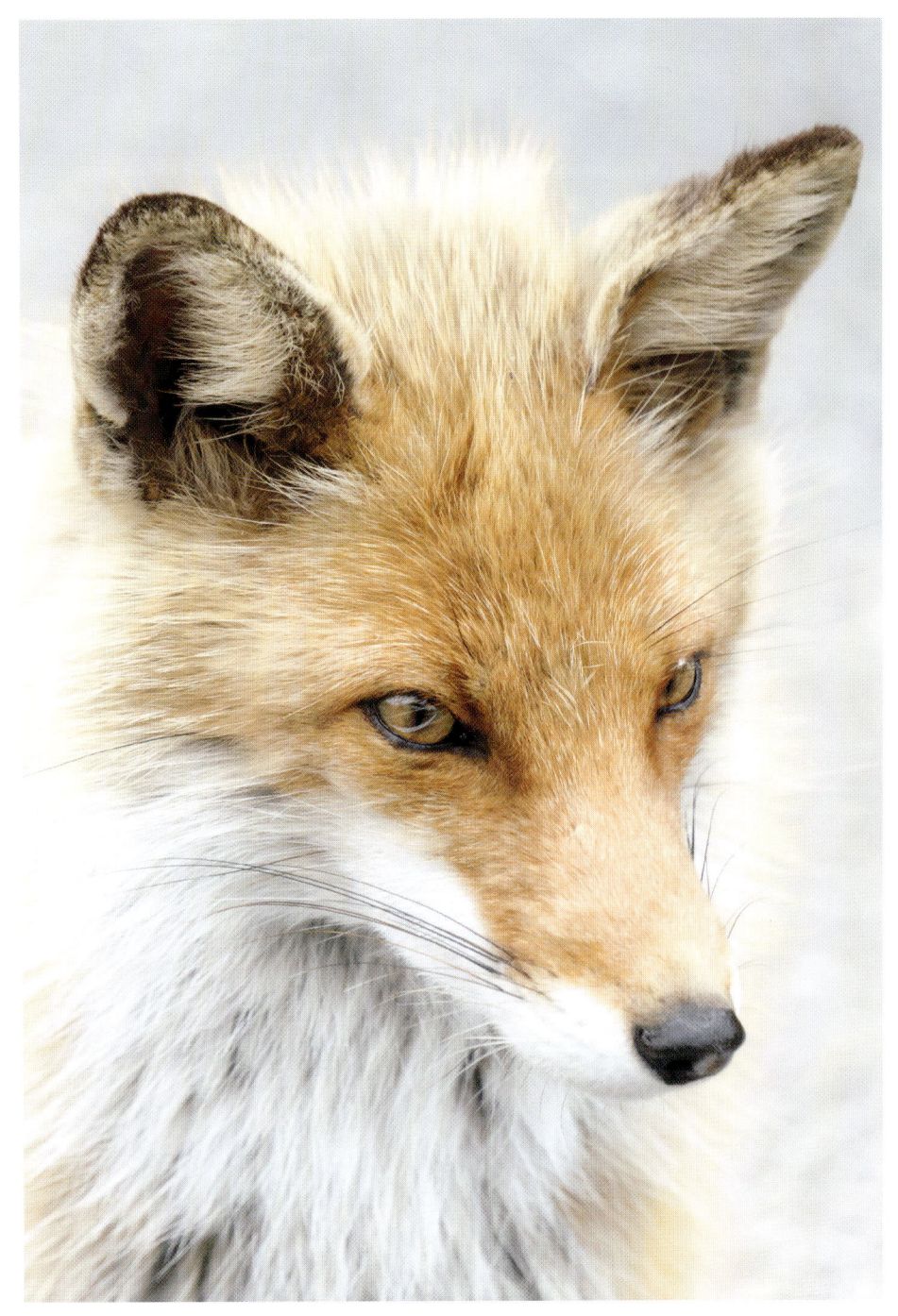

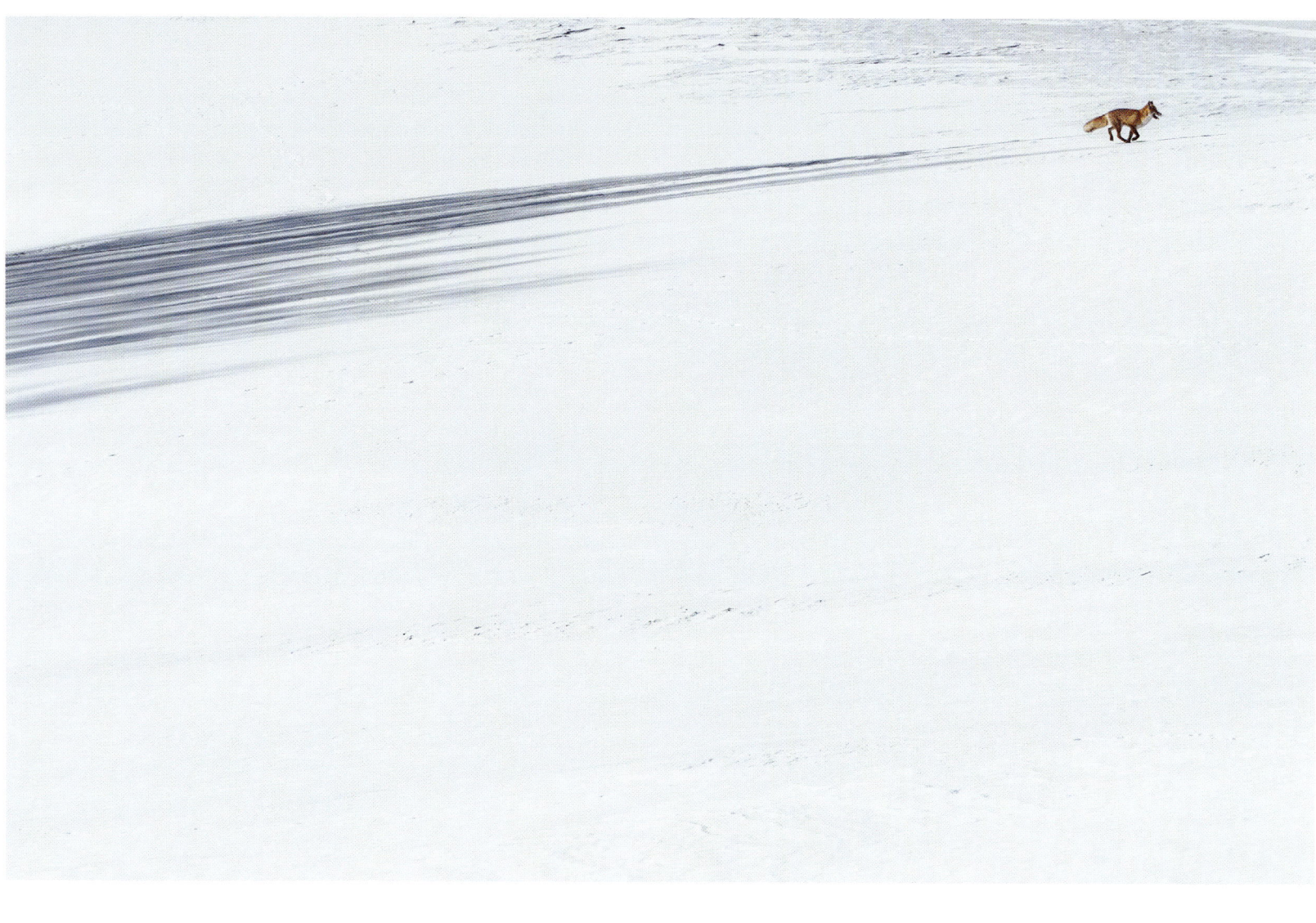

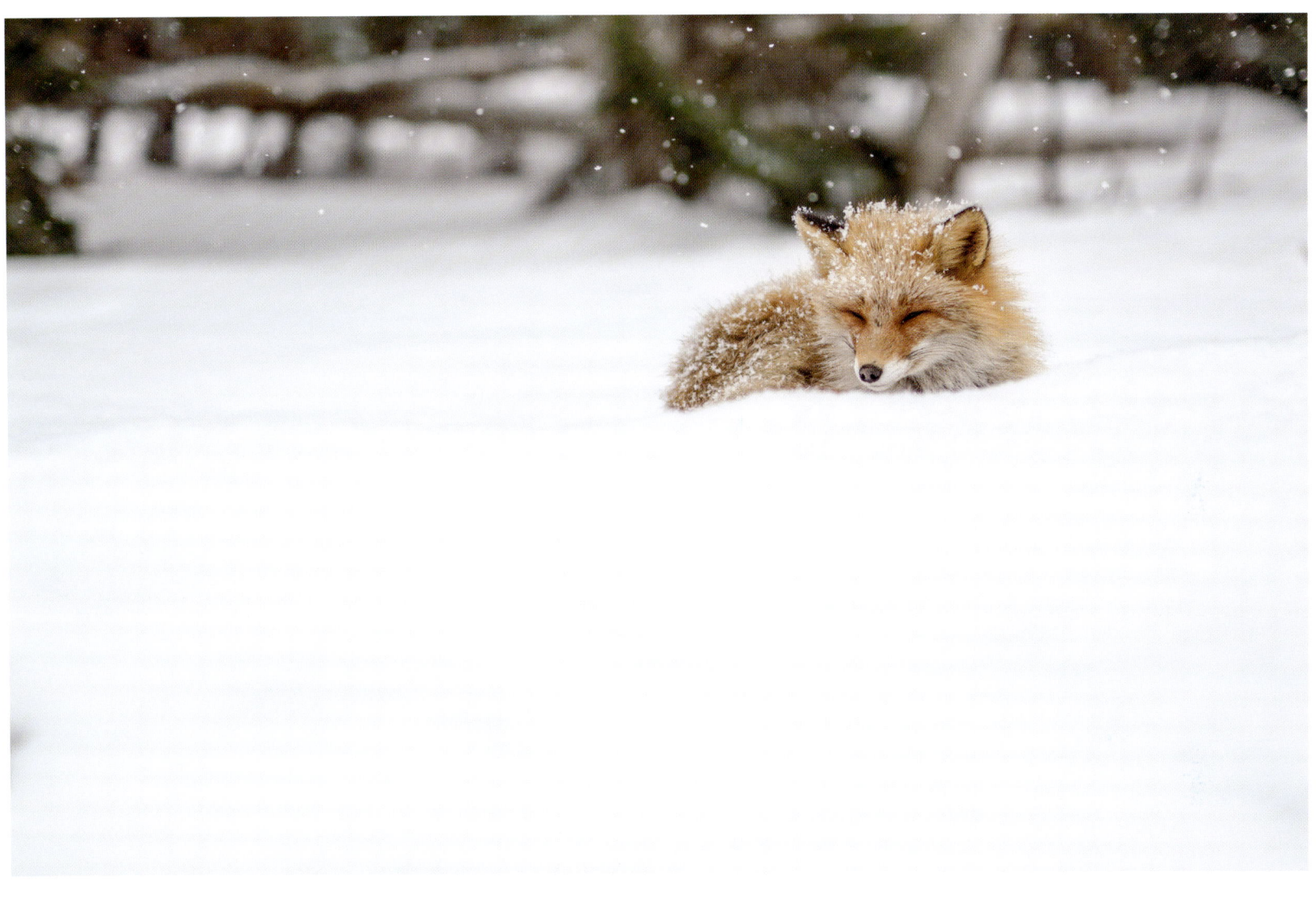

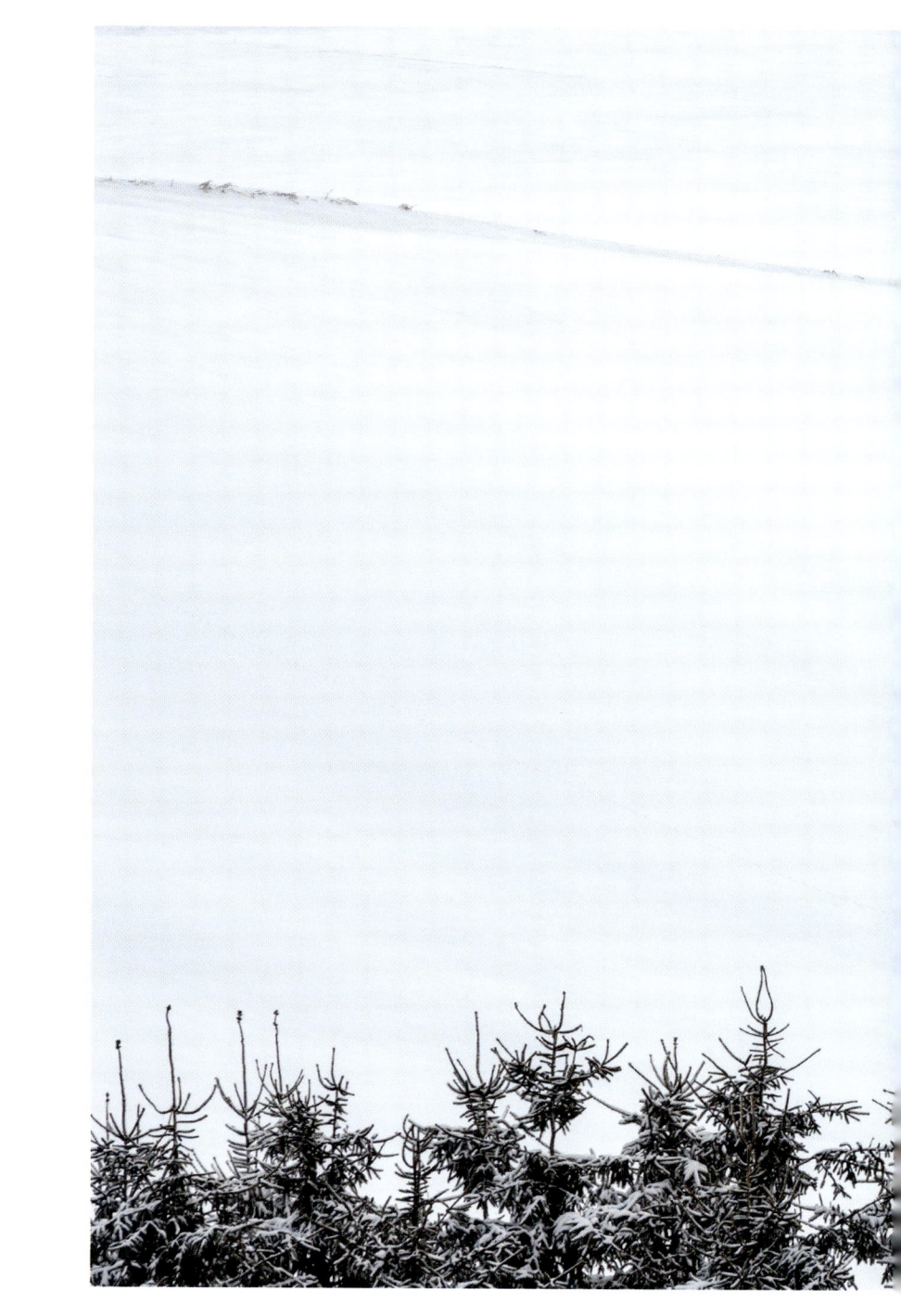

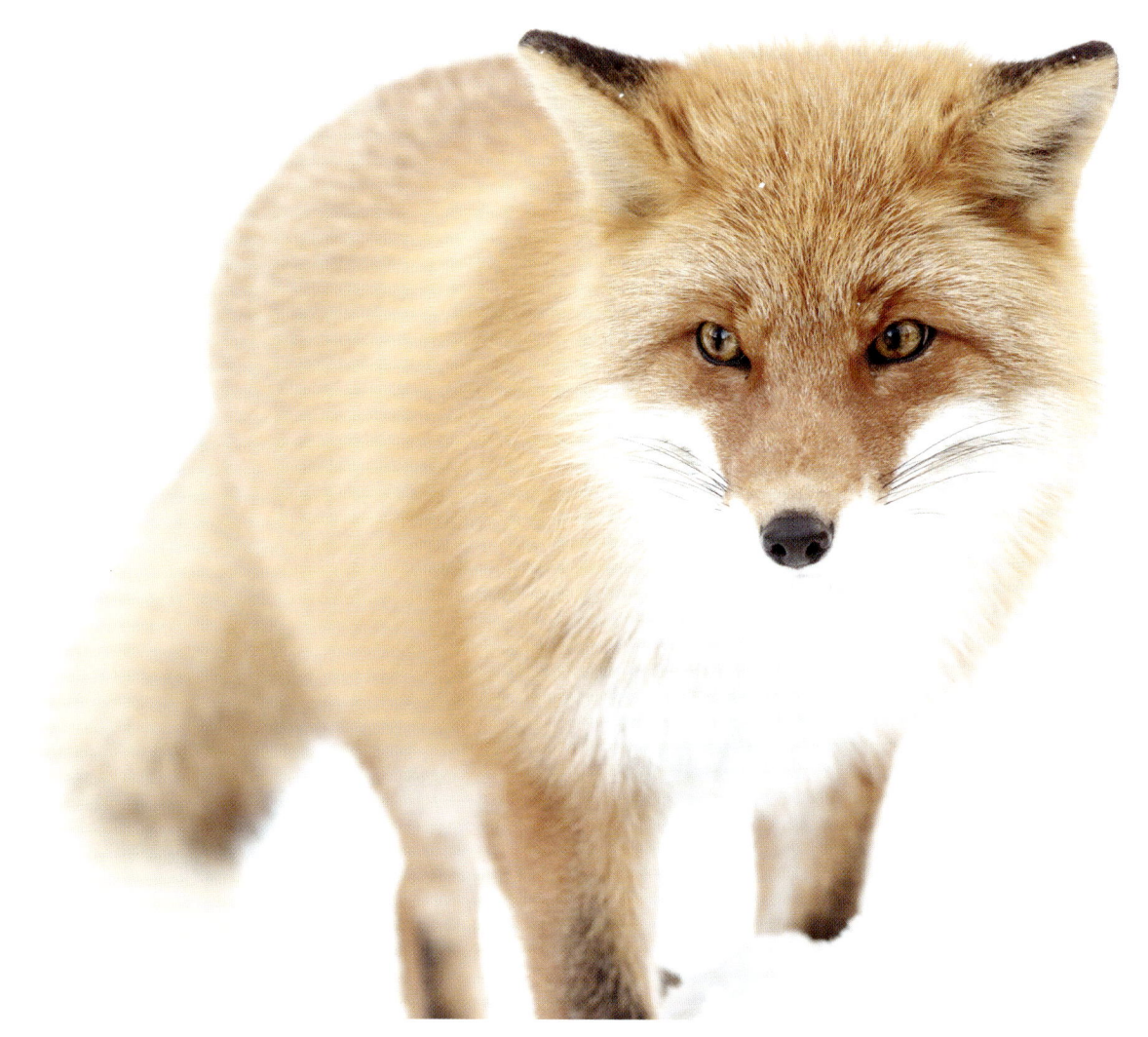

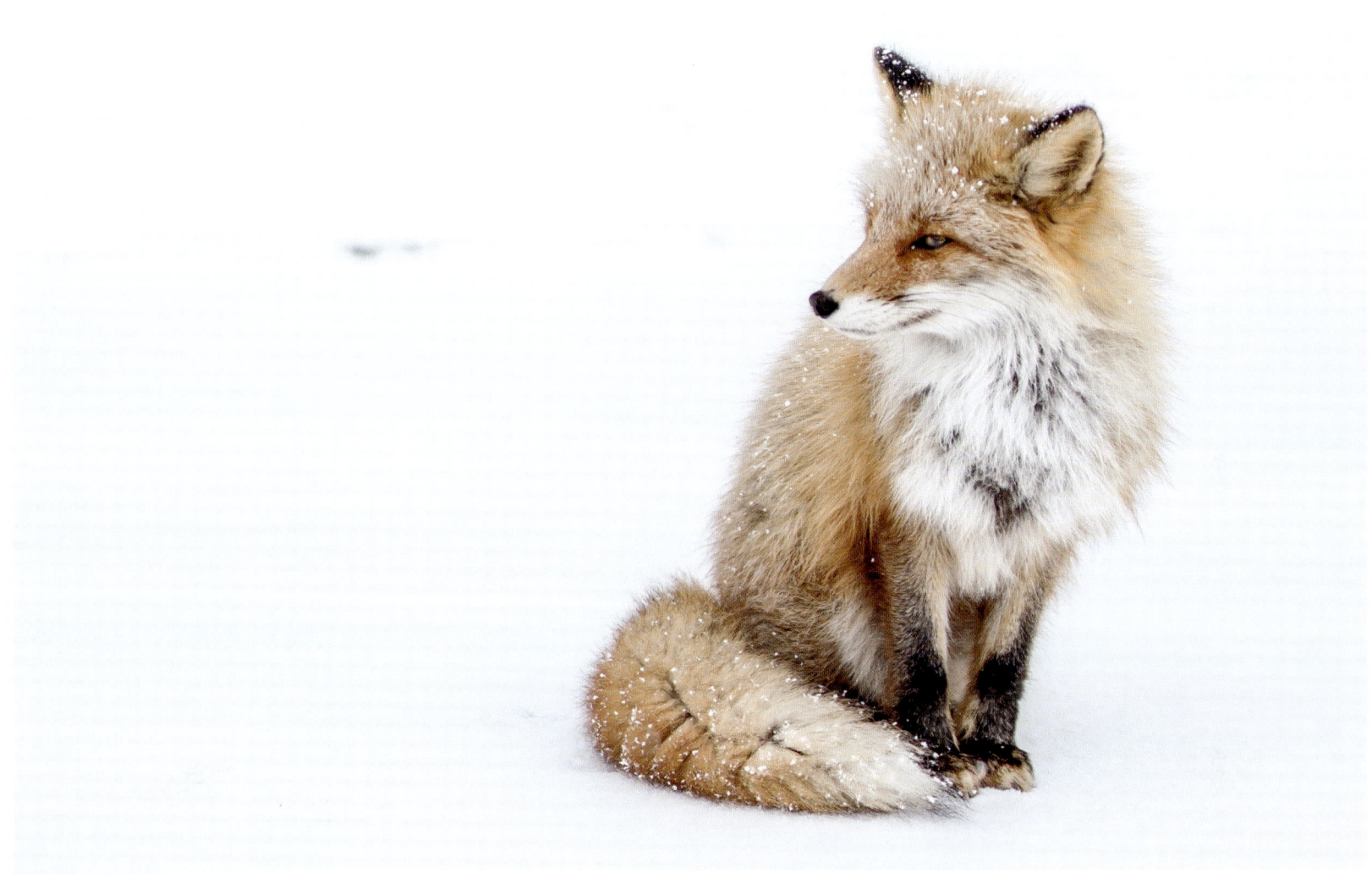

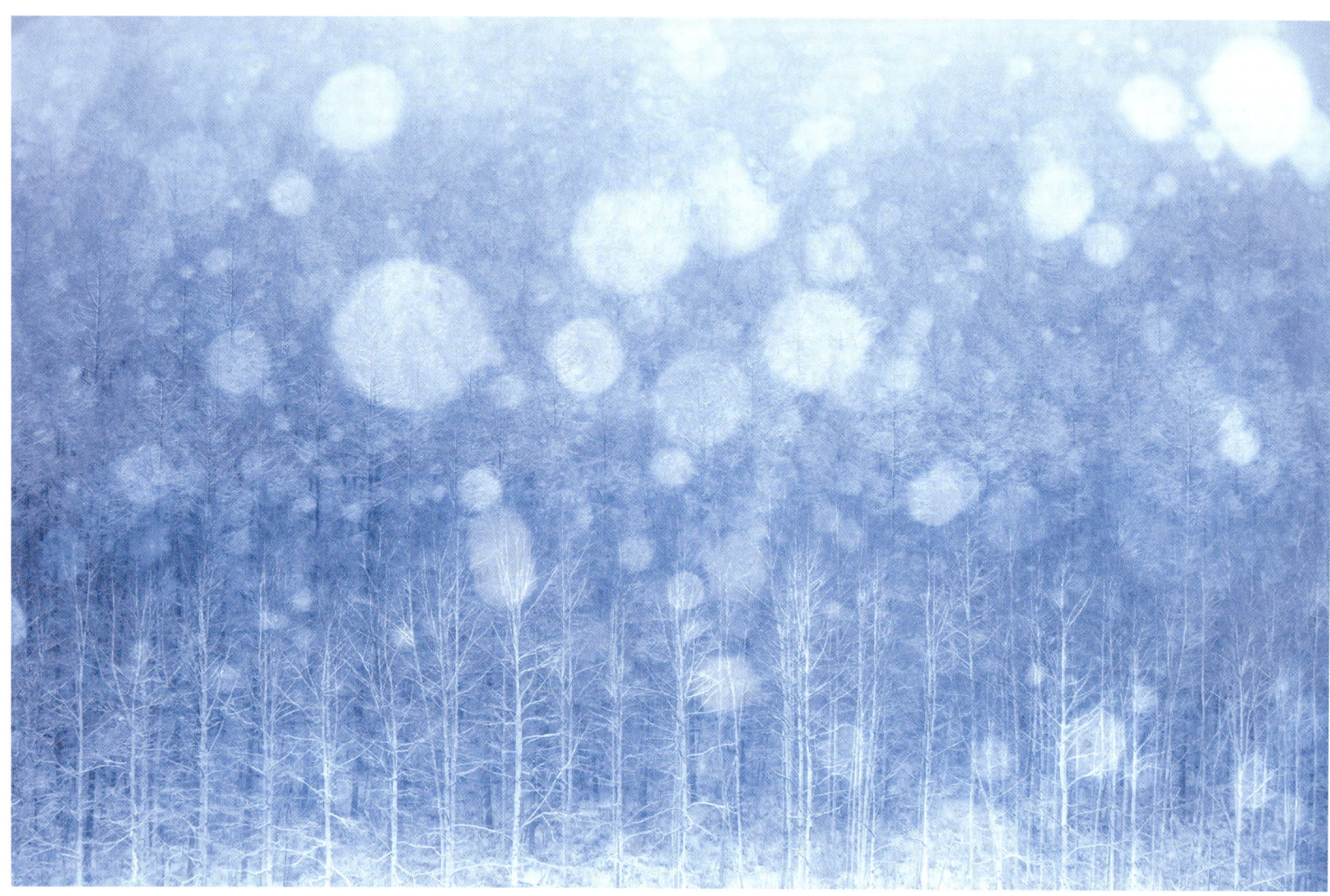

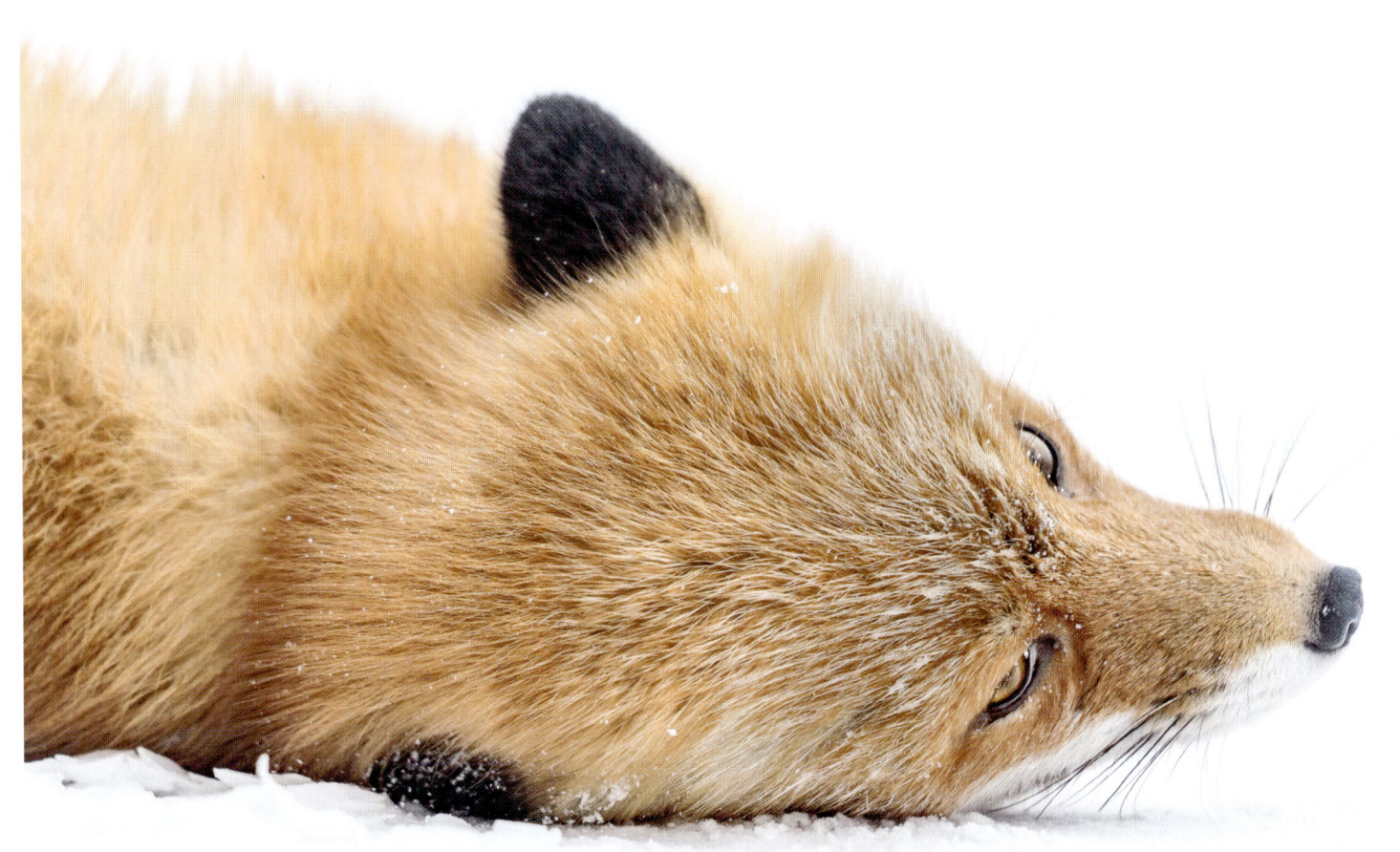

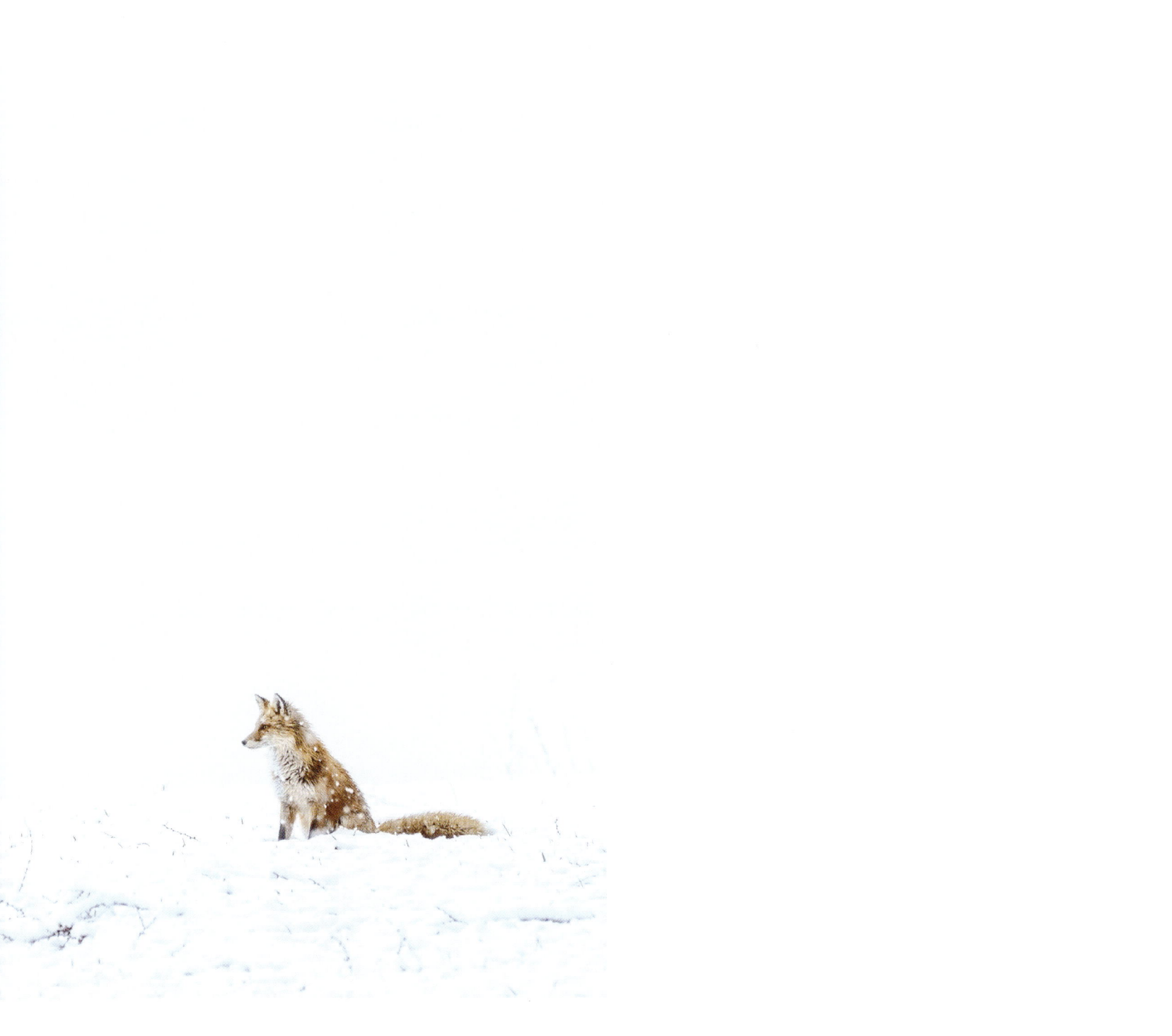

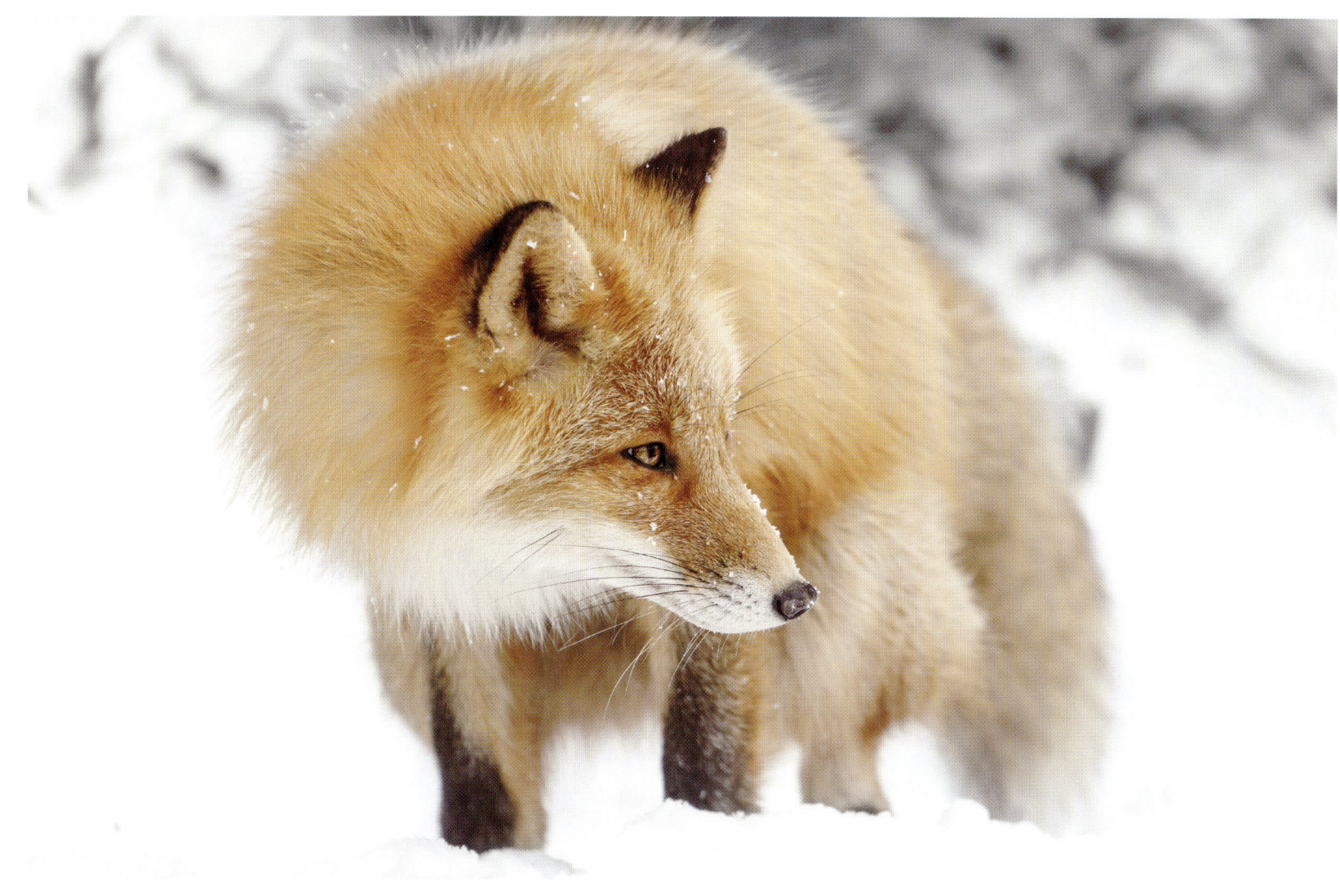

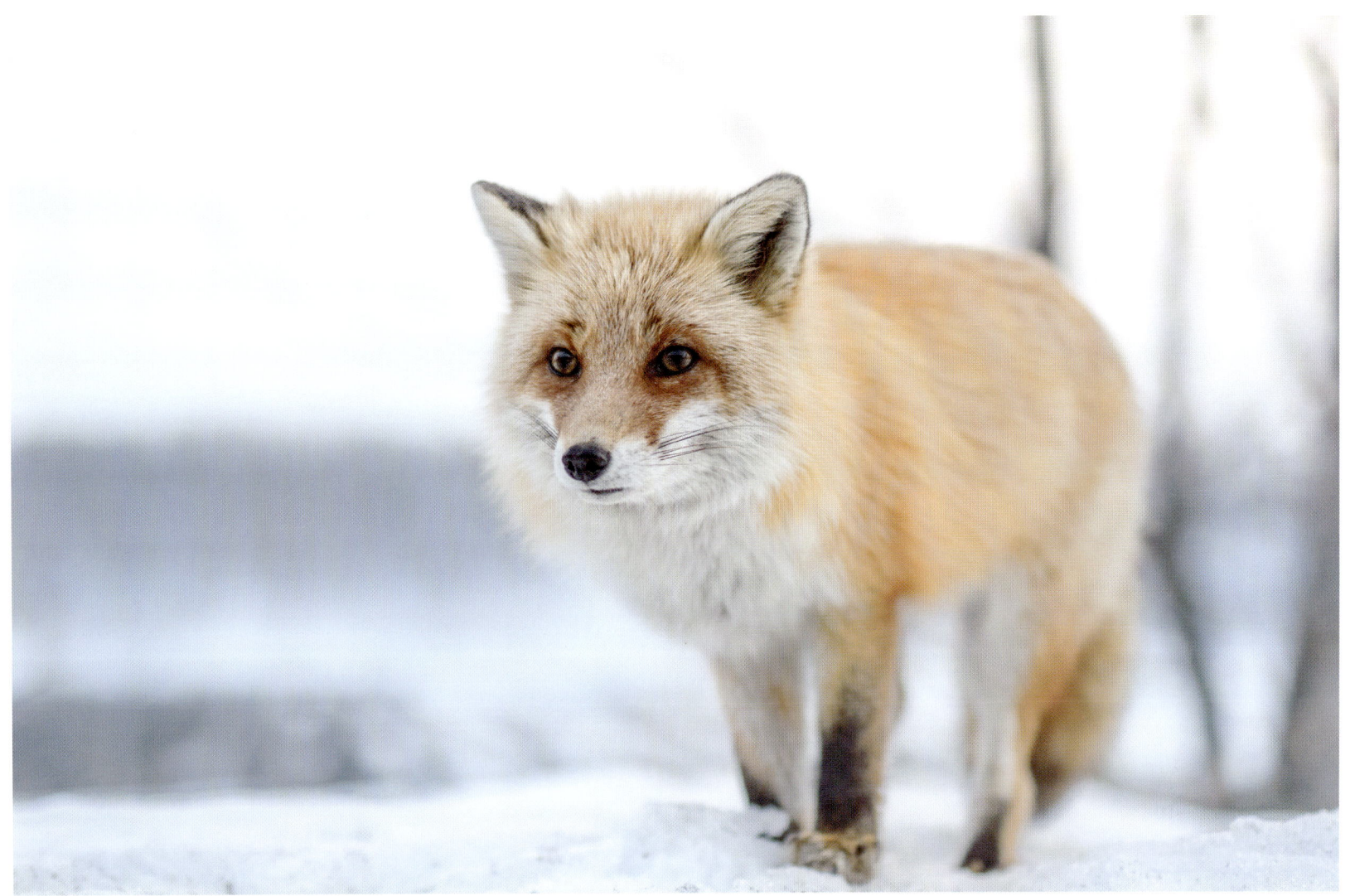

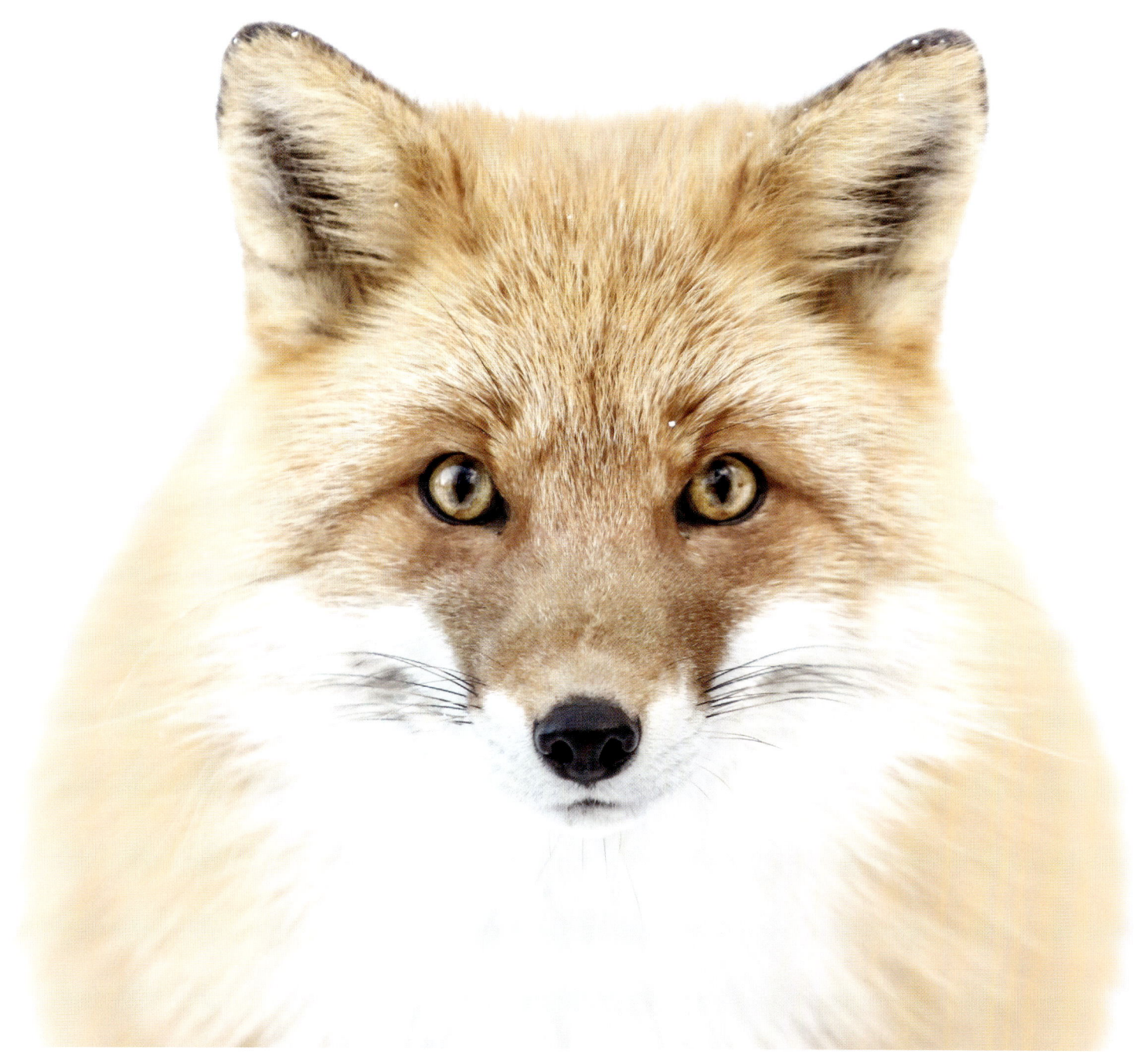

이 포실한 녀석은 자주 만난다. 새끼일 때부터 알고 있다.

근처를 지나가다 마주치면 "또 저 사람이군."이라는 시큰둥한 얼굴을 한다.

여름이 끝나갈 무렵 여우들에게 인간의 음식을 주는 사람이 나타났다. 신이 난 여우 녀석이 덥석 받아 물고는 은신처가 있는 곳에 부지런히 묻어두는 모습을 자주 보게 되었다. 인간이 주는 먹이는 여우의 몸에는 좋지 않을 터인데, 내 걱정 따위는 아랑곳하지 않고 겨울털이 자랄 무렵이 되자 이렇게 포실해졌다.

"녀석, 살이 많이 쪘는데!"라고 말을 걸자 "인간아, 네가 내 몸을 뭐라 할 입장이 아닌 거 같은데?"라는 듯이, 내 얼굴을 빤히 바라봤다.

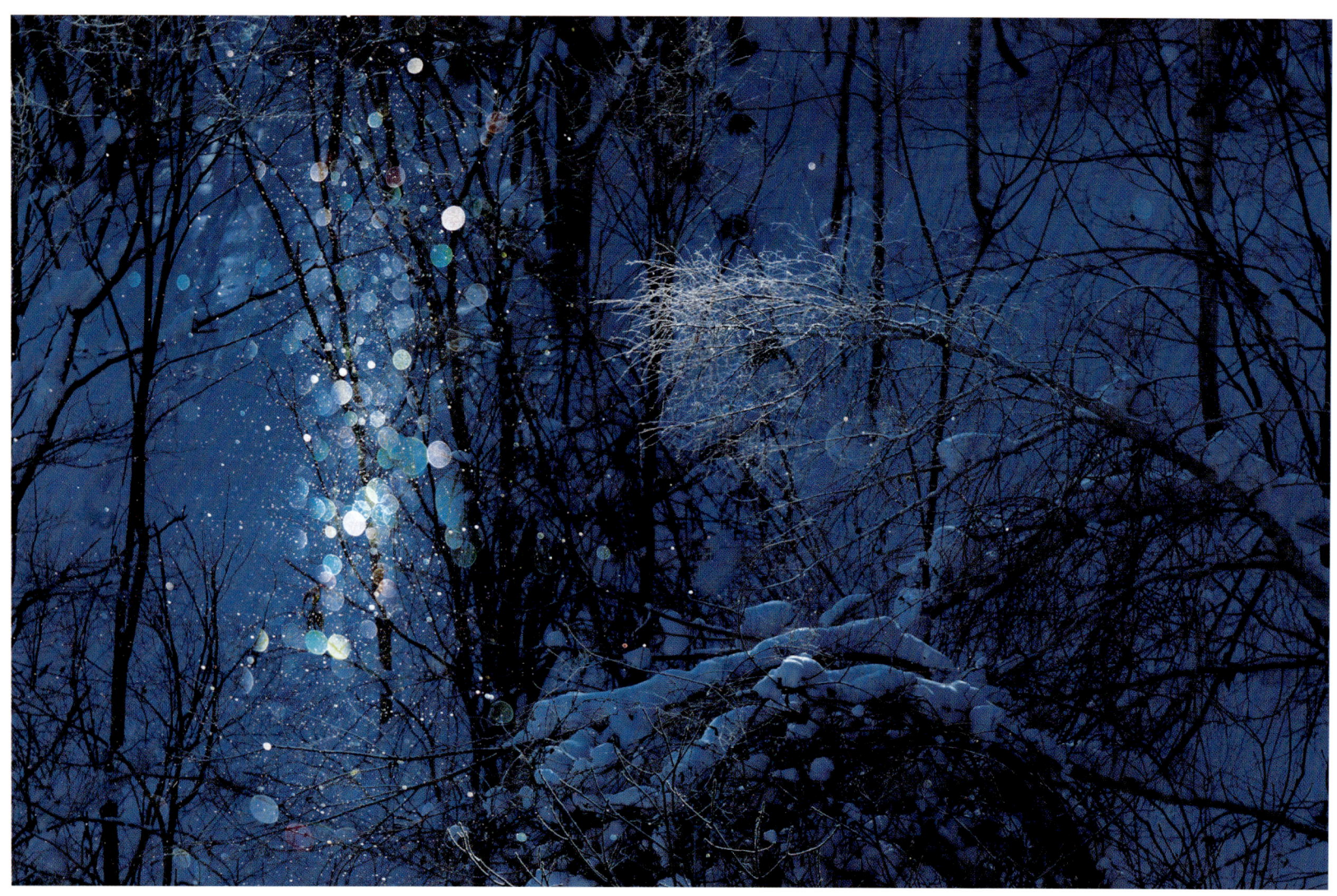

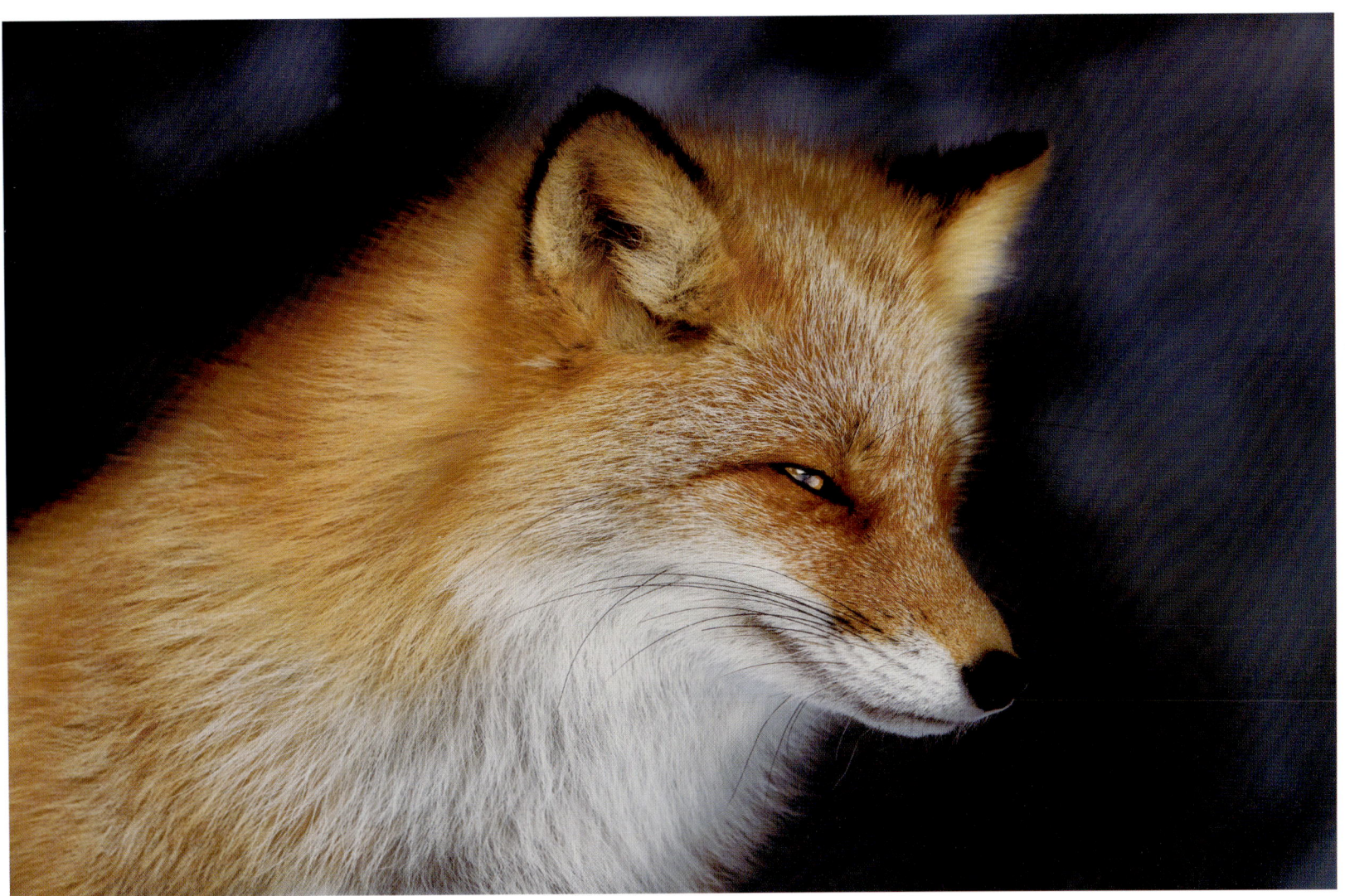

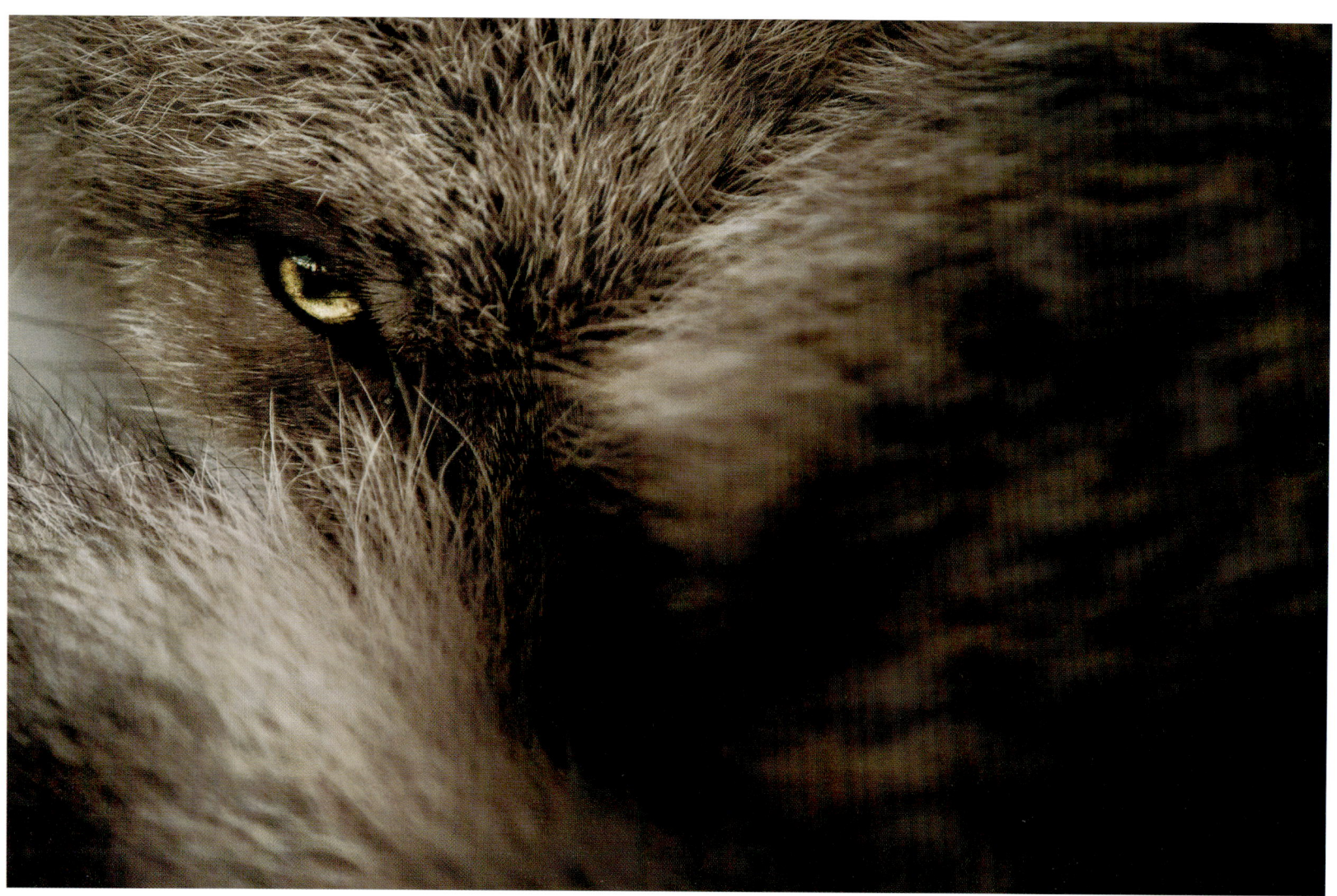

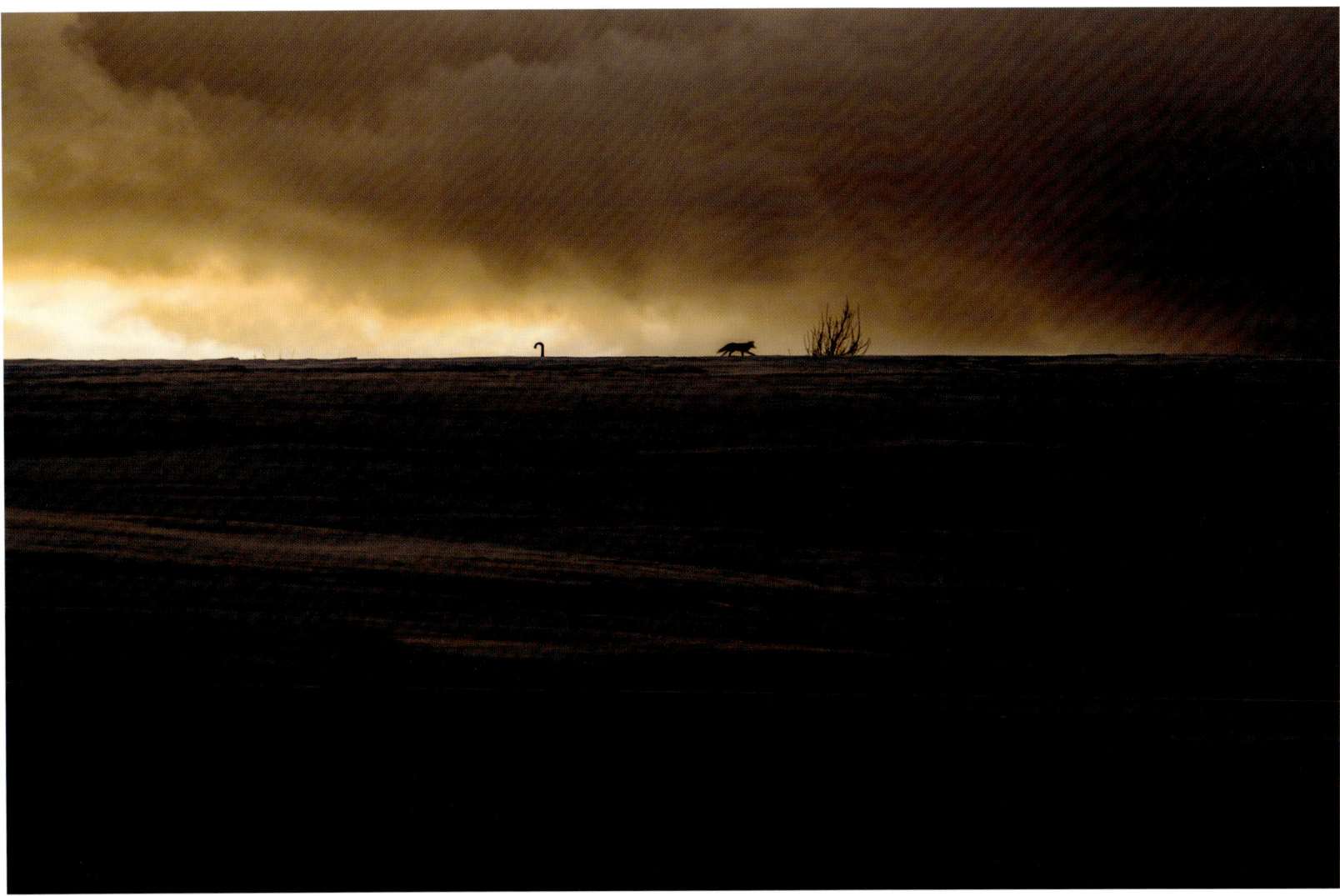

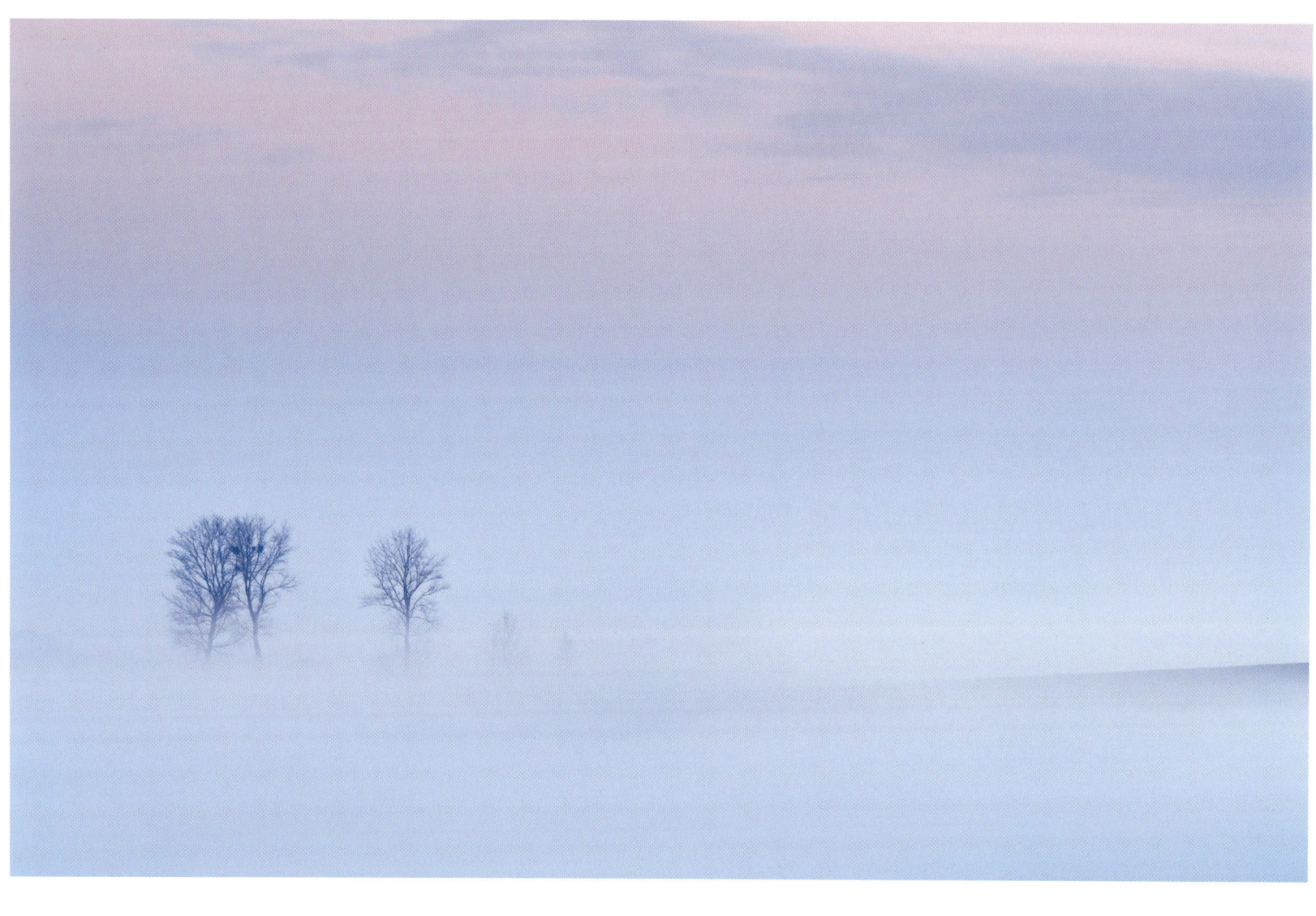

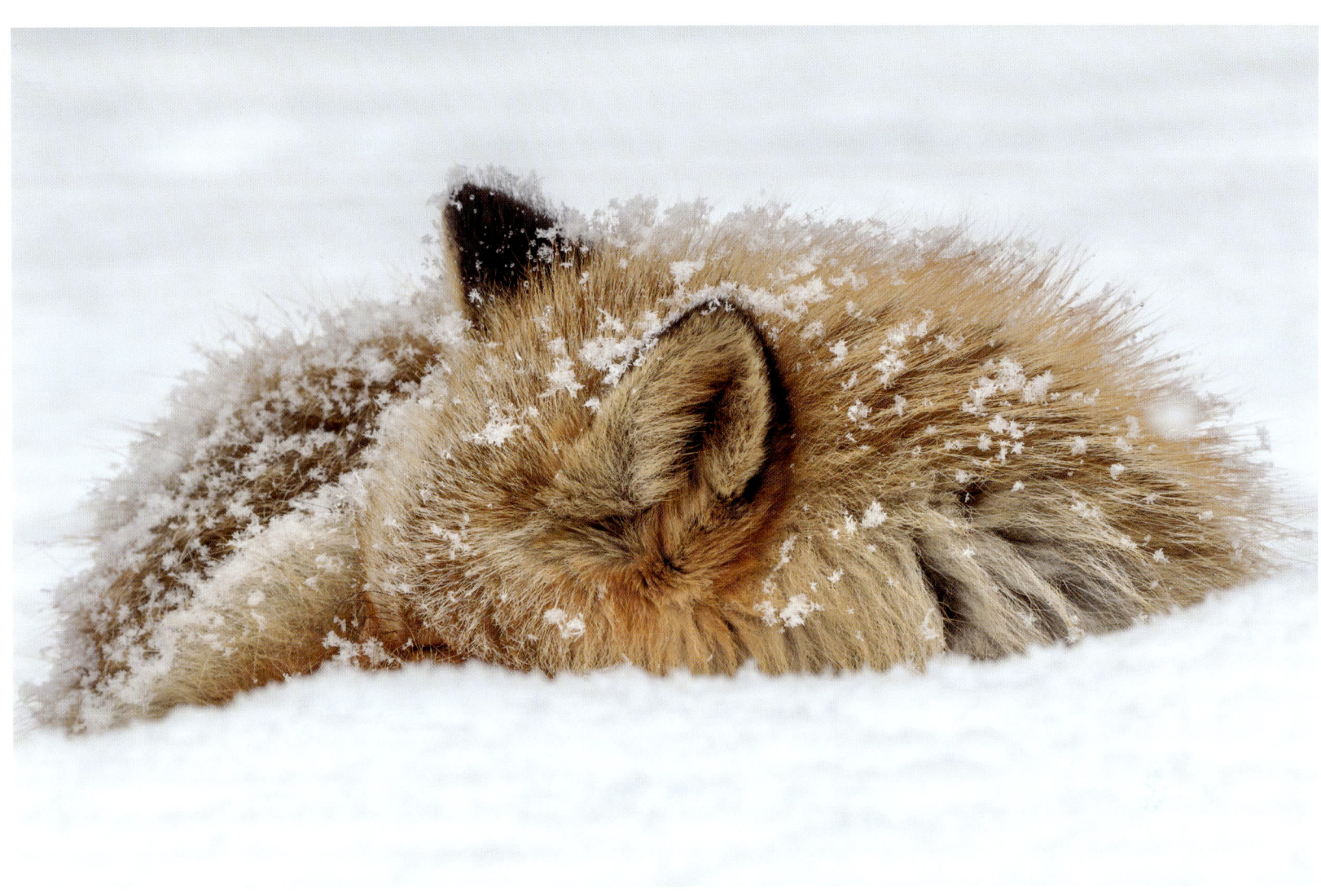

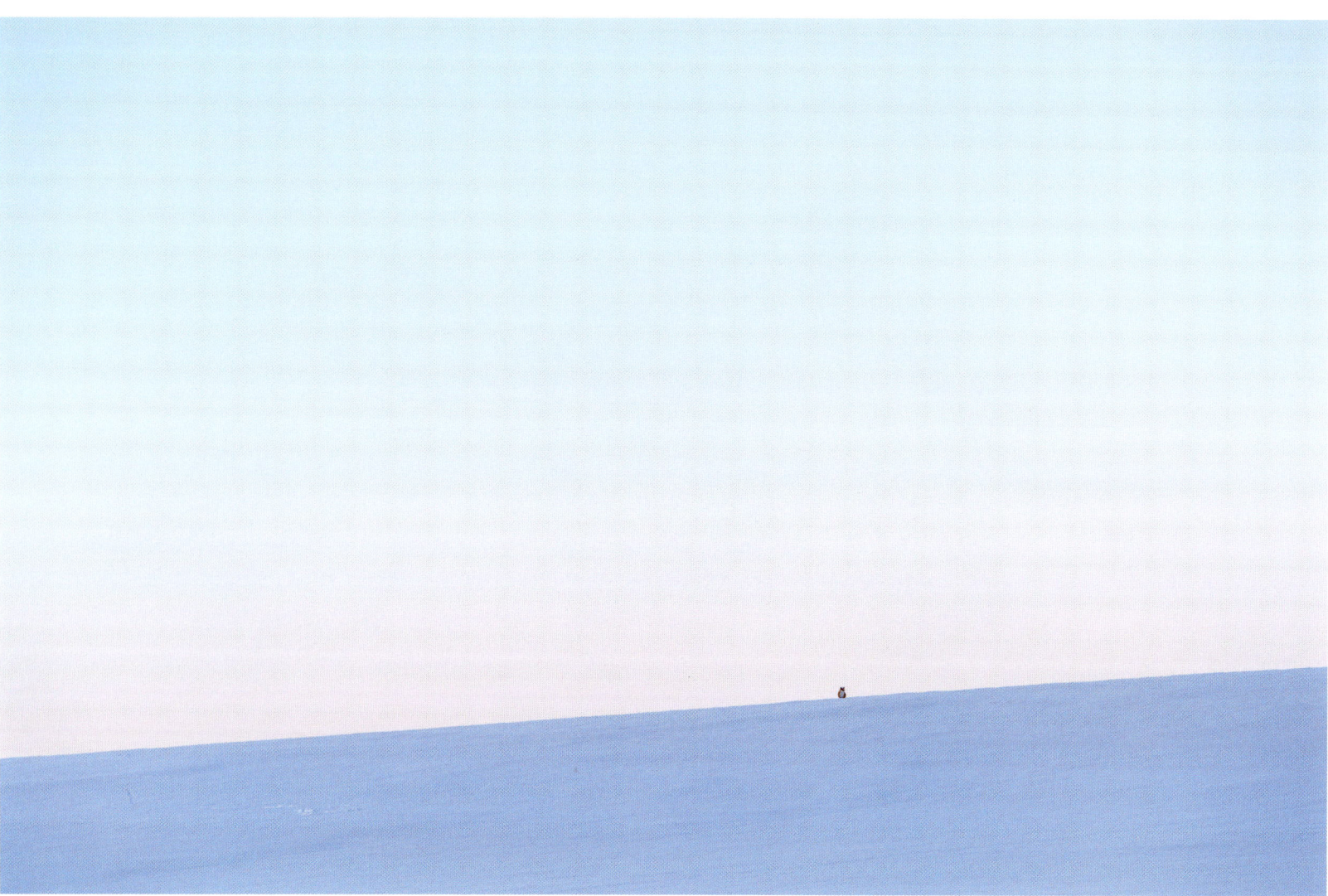

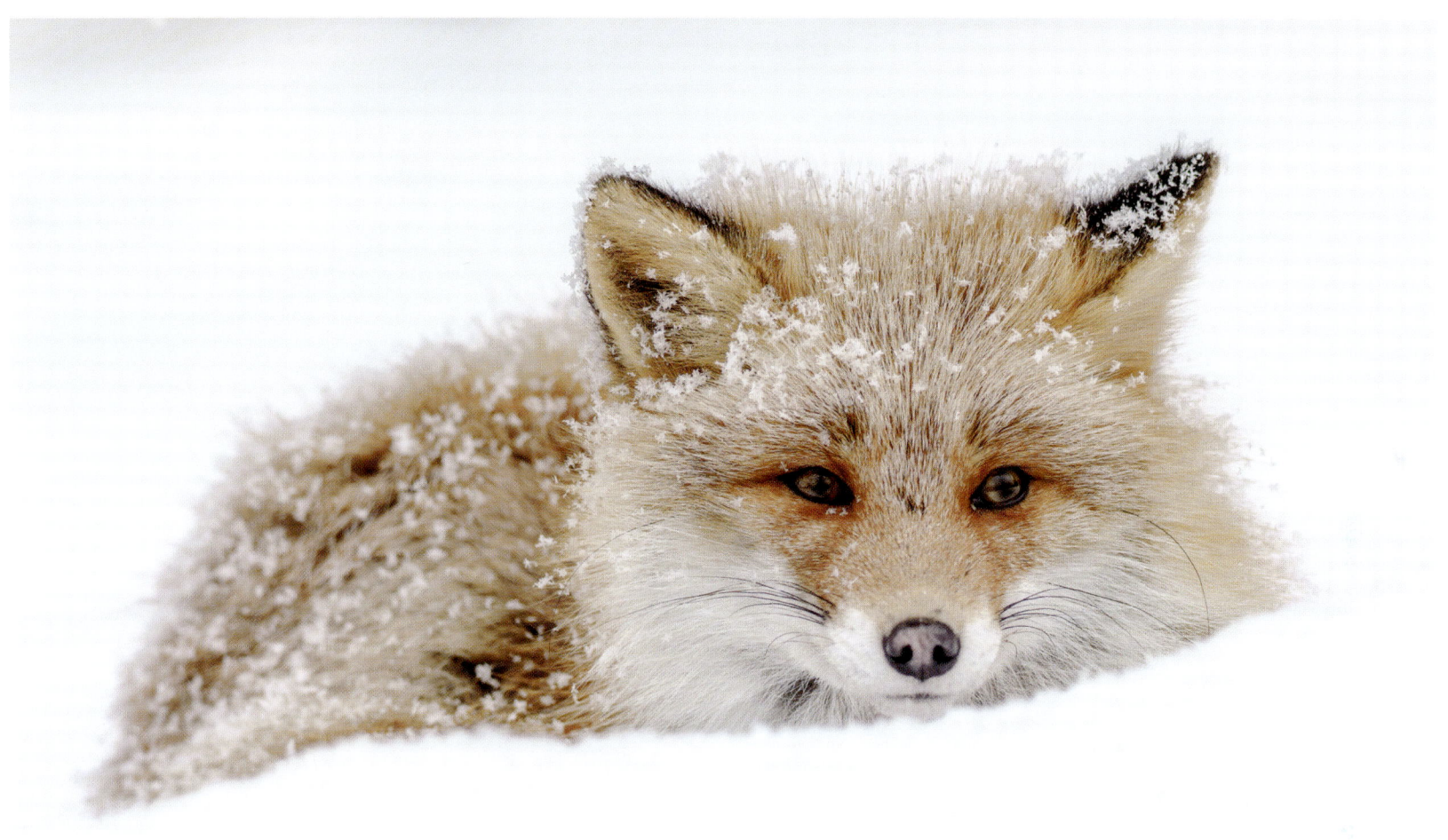

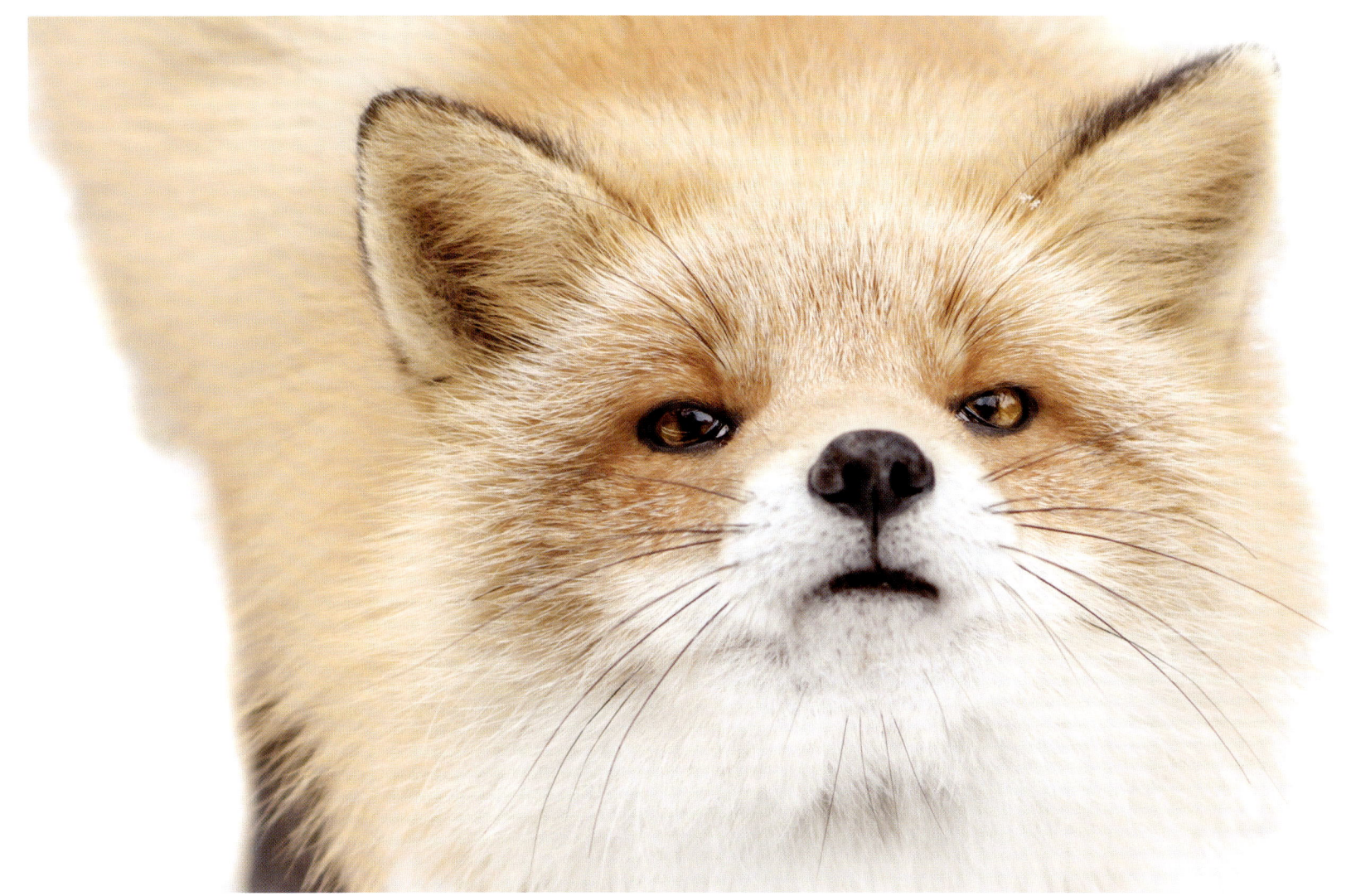

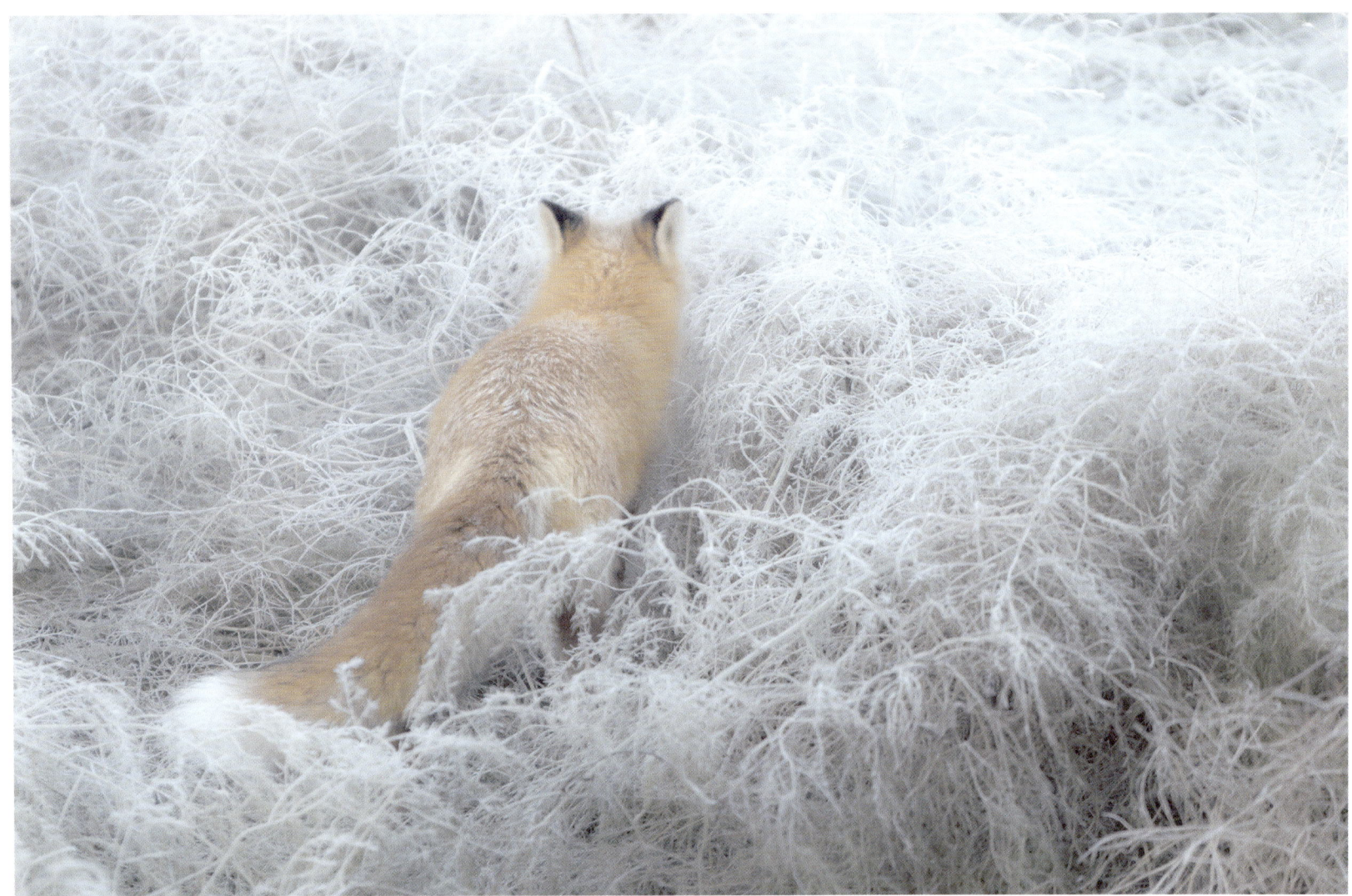

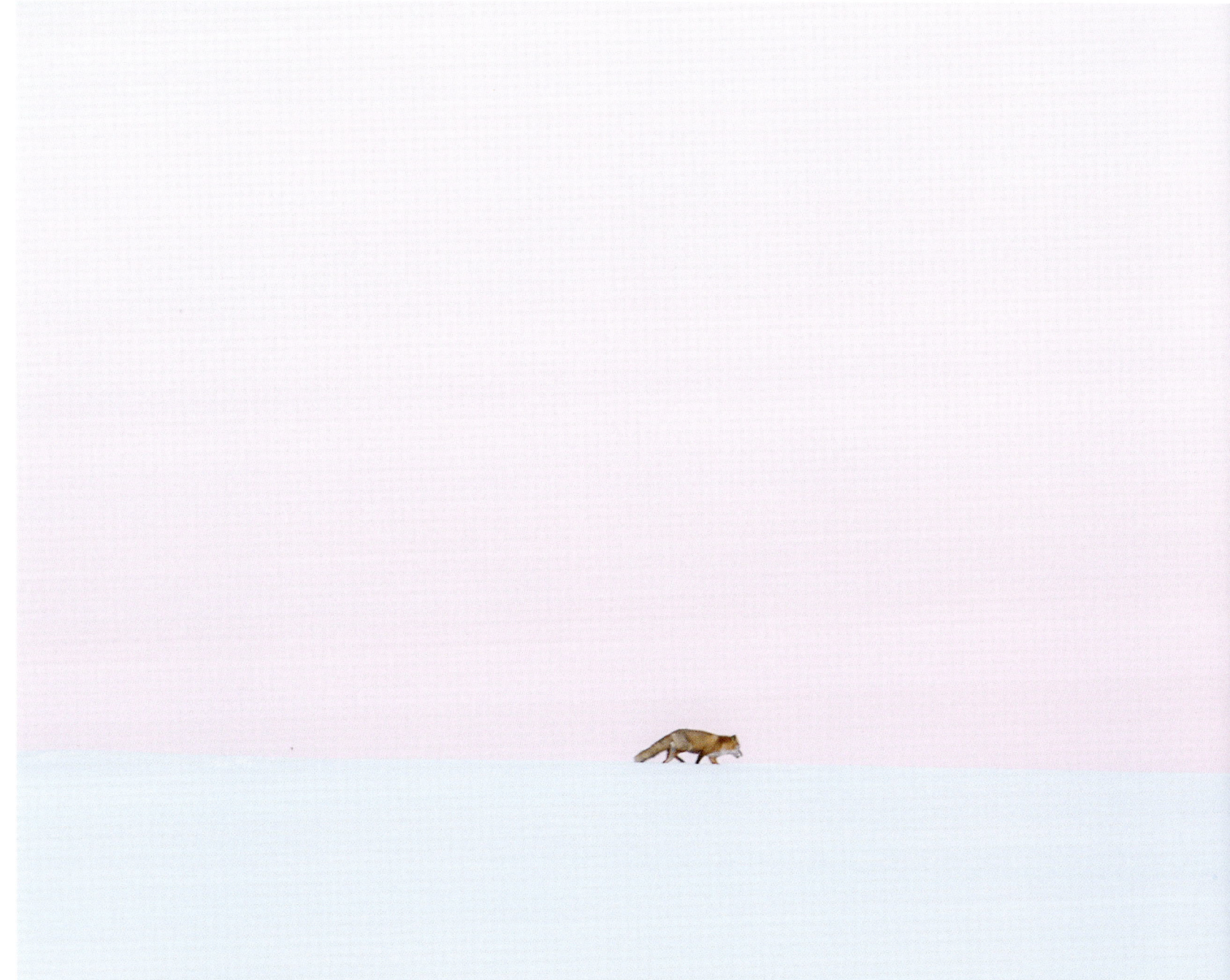

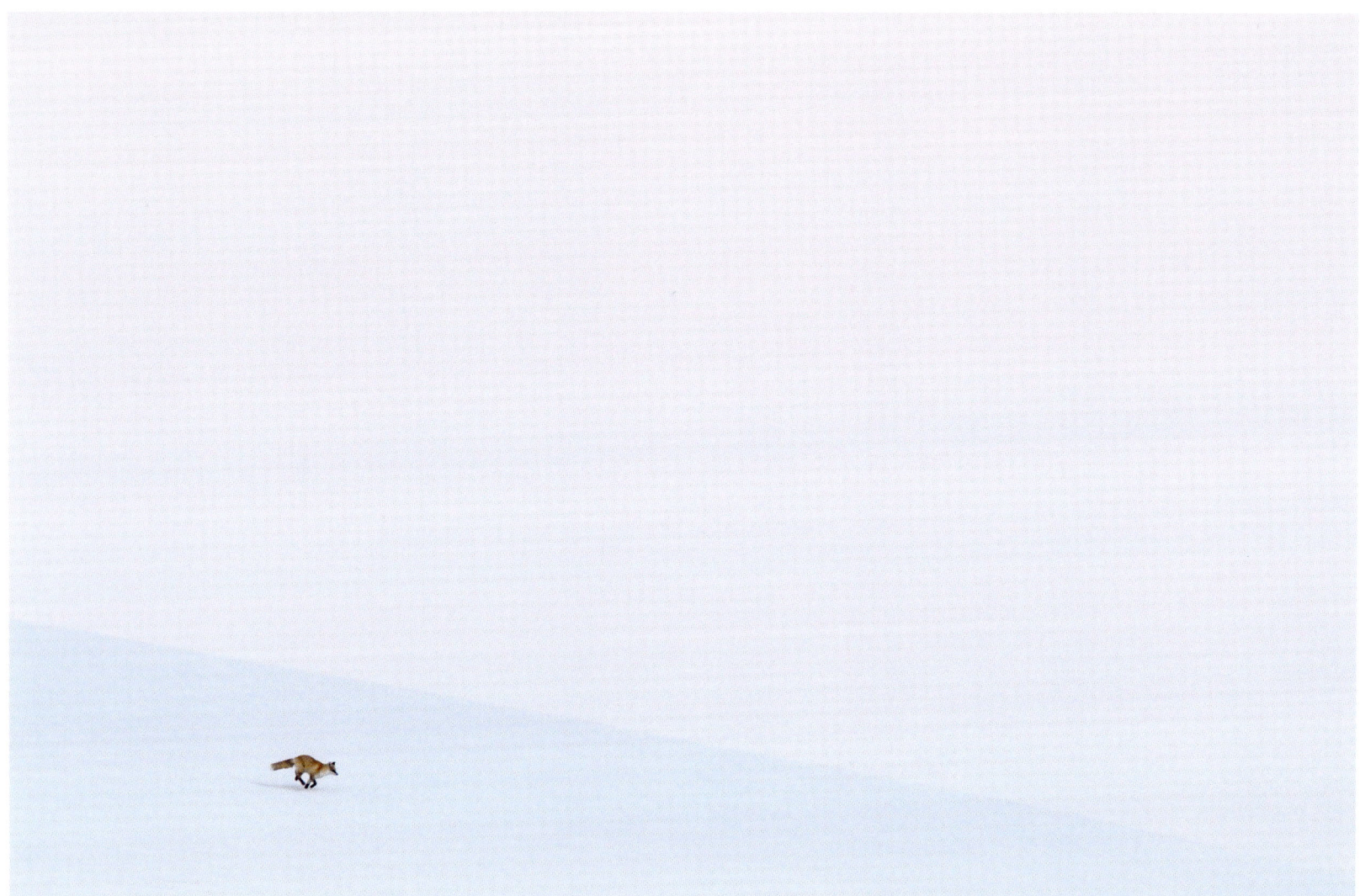

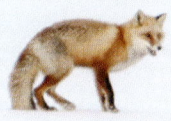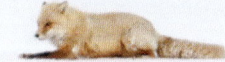

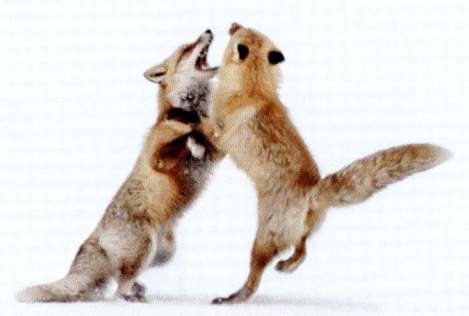

두 마리는 아침에 언덕 너머에서 함께 나타난다. 이곳 설원까지 오면 오른쪽과 왼쪽으로 흩어지는데 낮에는 혼자서 먹이 사냥에 여념이 없는 듯하다.

해가 저물어 하늘이 분홍빛으로 물들 무렵이 되자 한 마리가 돌아온다. 조금 지나자 또 한 마리가 돌아온다.

몇 시간 만에 재회한 둘은 기쁨을 주체하지 못하는 듯 앞발을 들고 일어서서 코를 비비고, 껴안고, 장난치고, 술래잡기를 한다.

그렇게 한바탕 신나게 장난을 치고 나서야 나란히 걸어 언덕 너머의 은신처로 사라진다.

겨울 끝자락은 사랑의 계절이다. 내일이 밝으면 둘이 또다시 찾아오겠지.

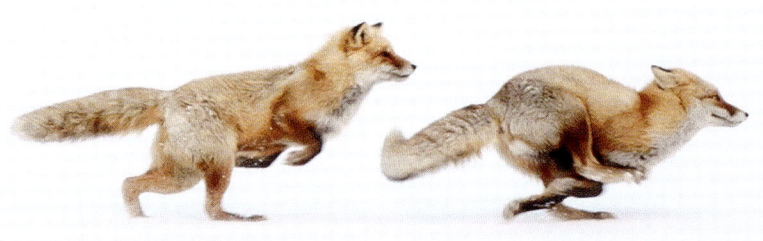

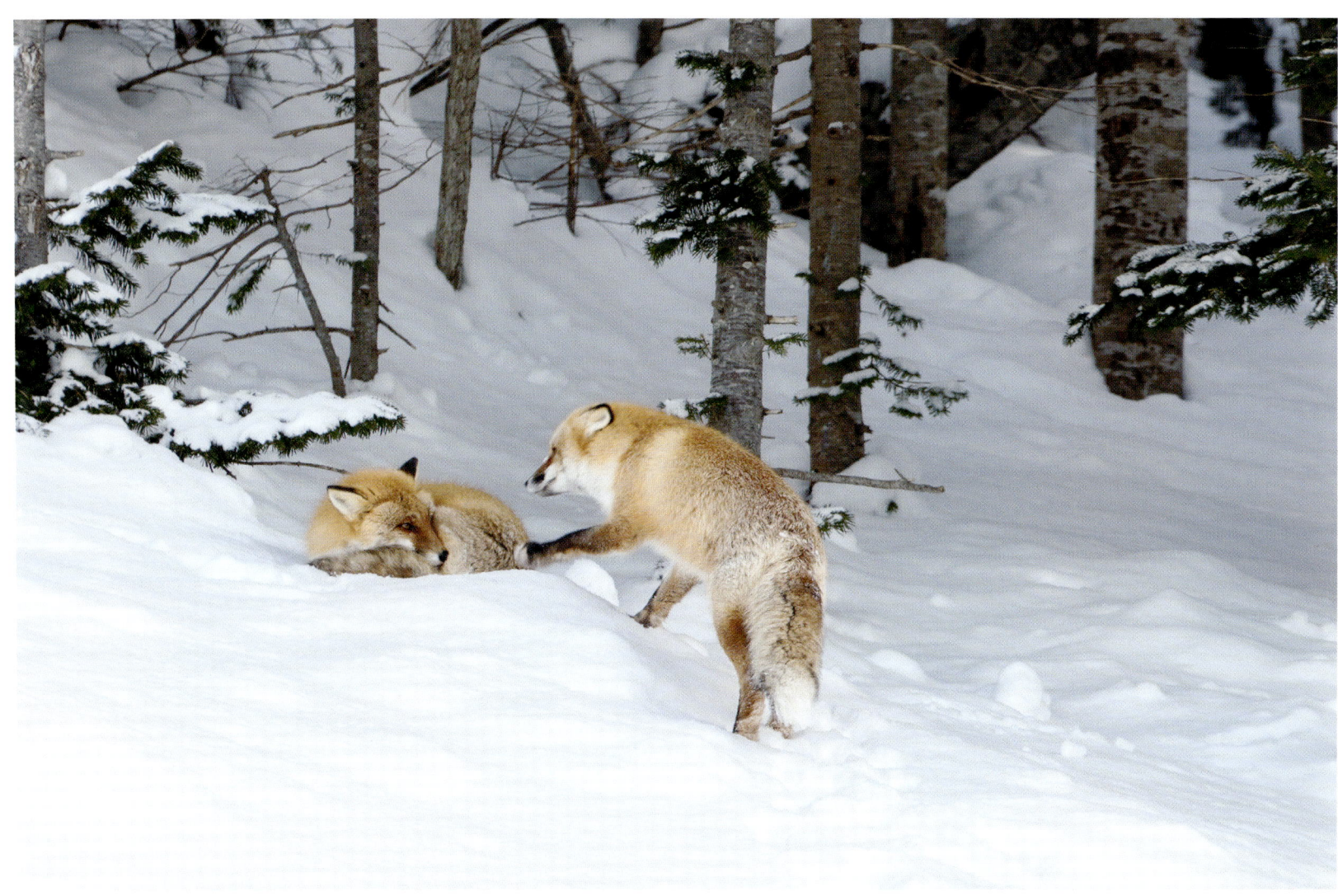

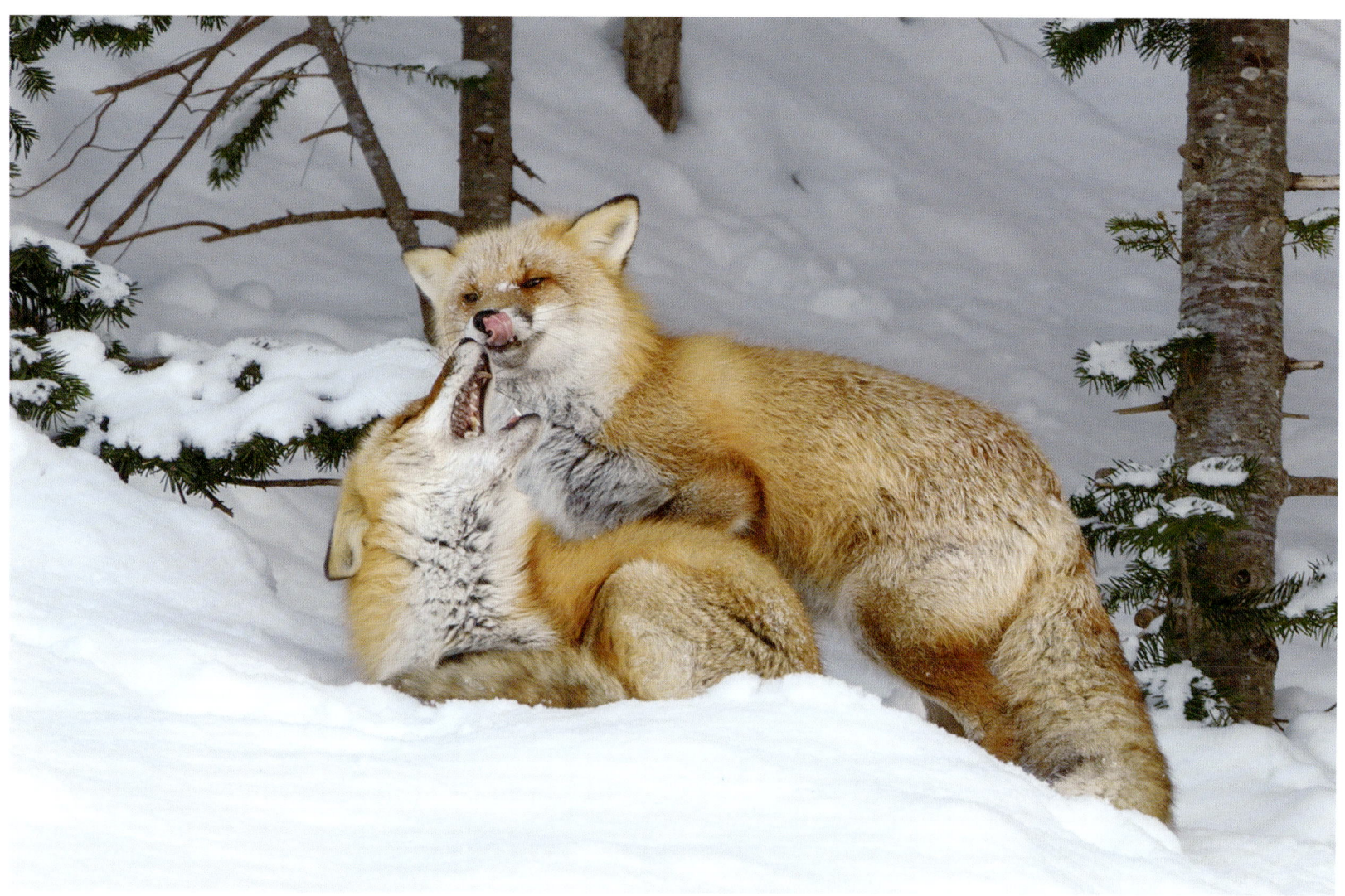

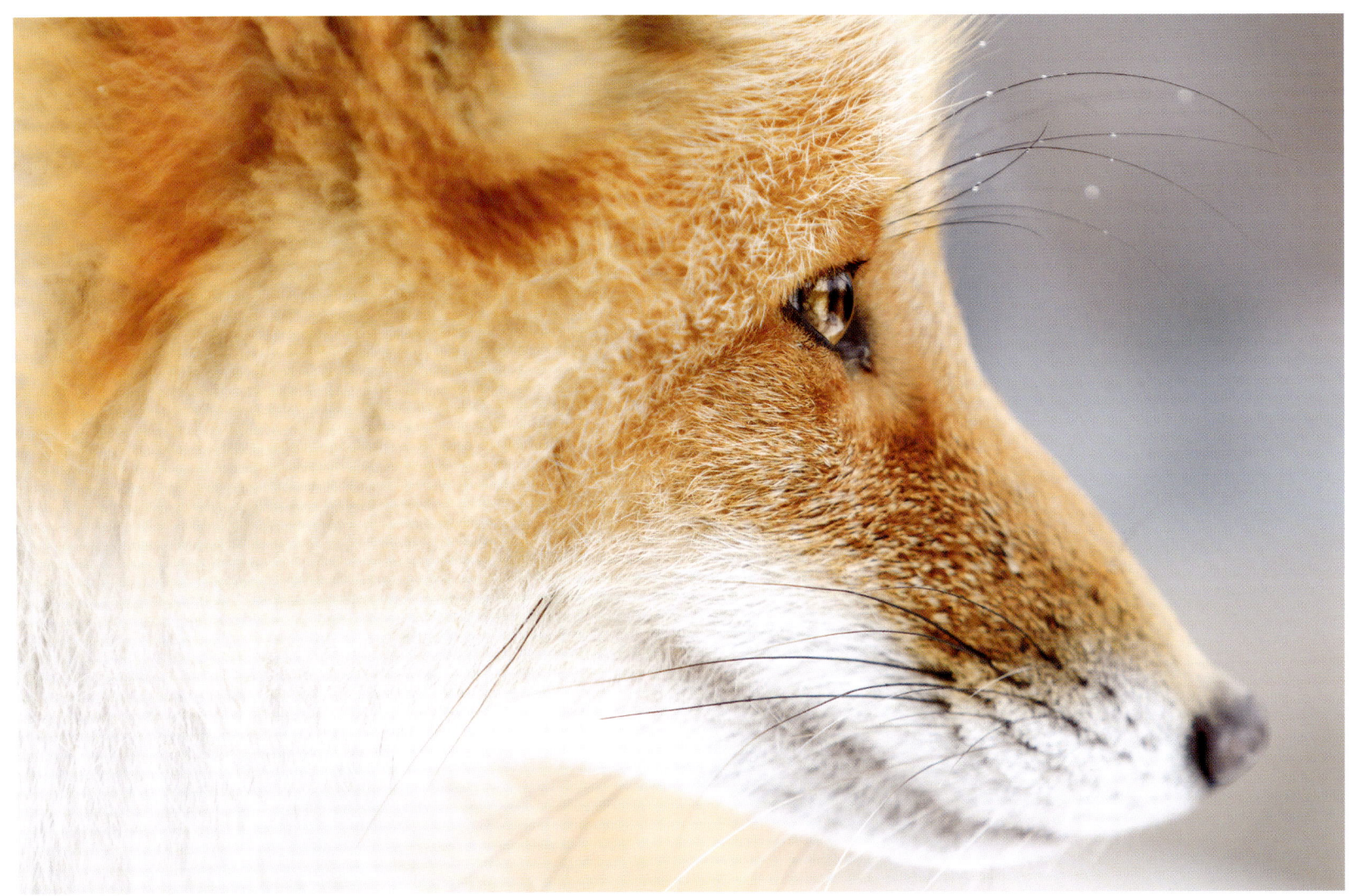

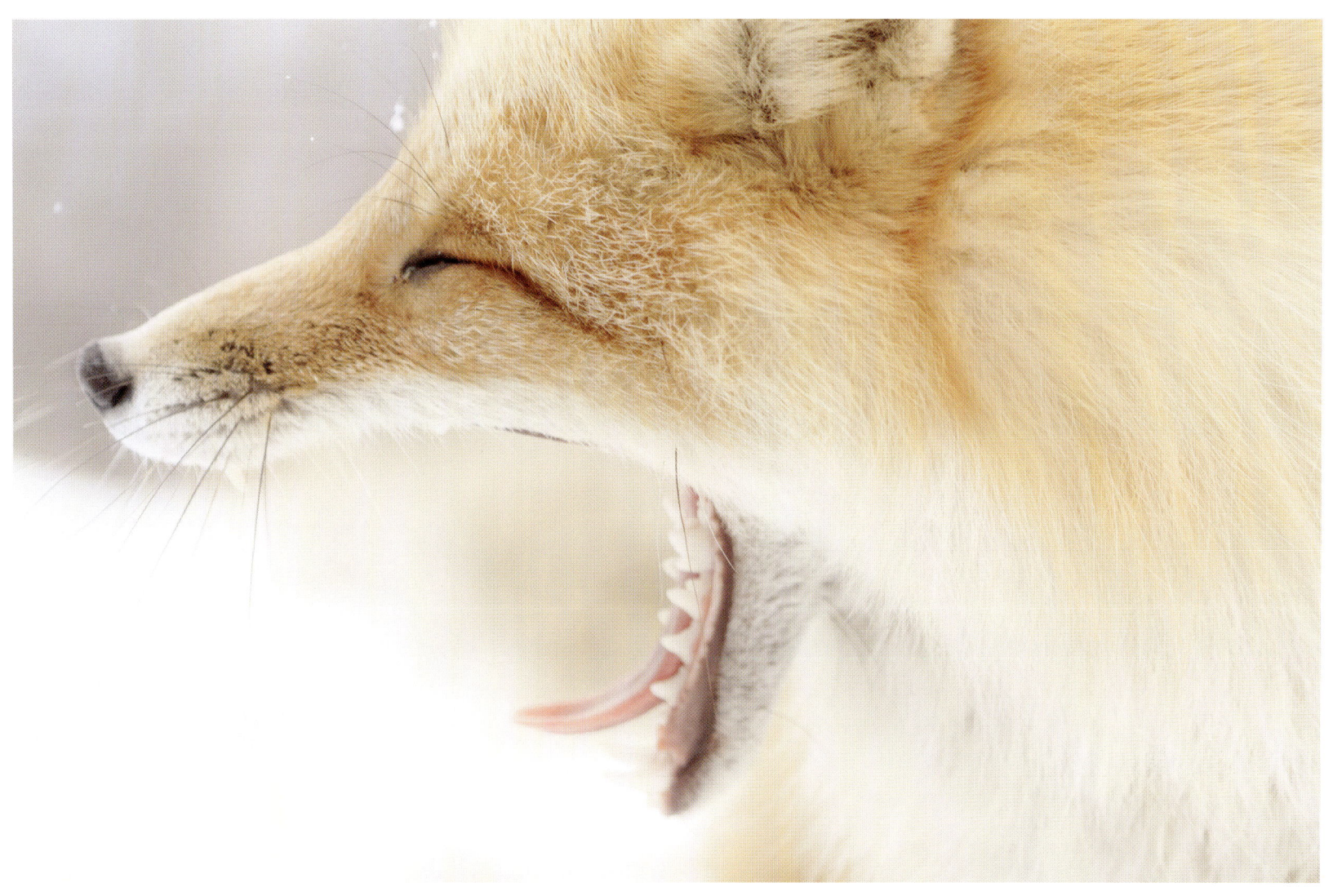

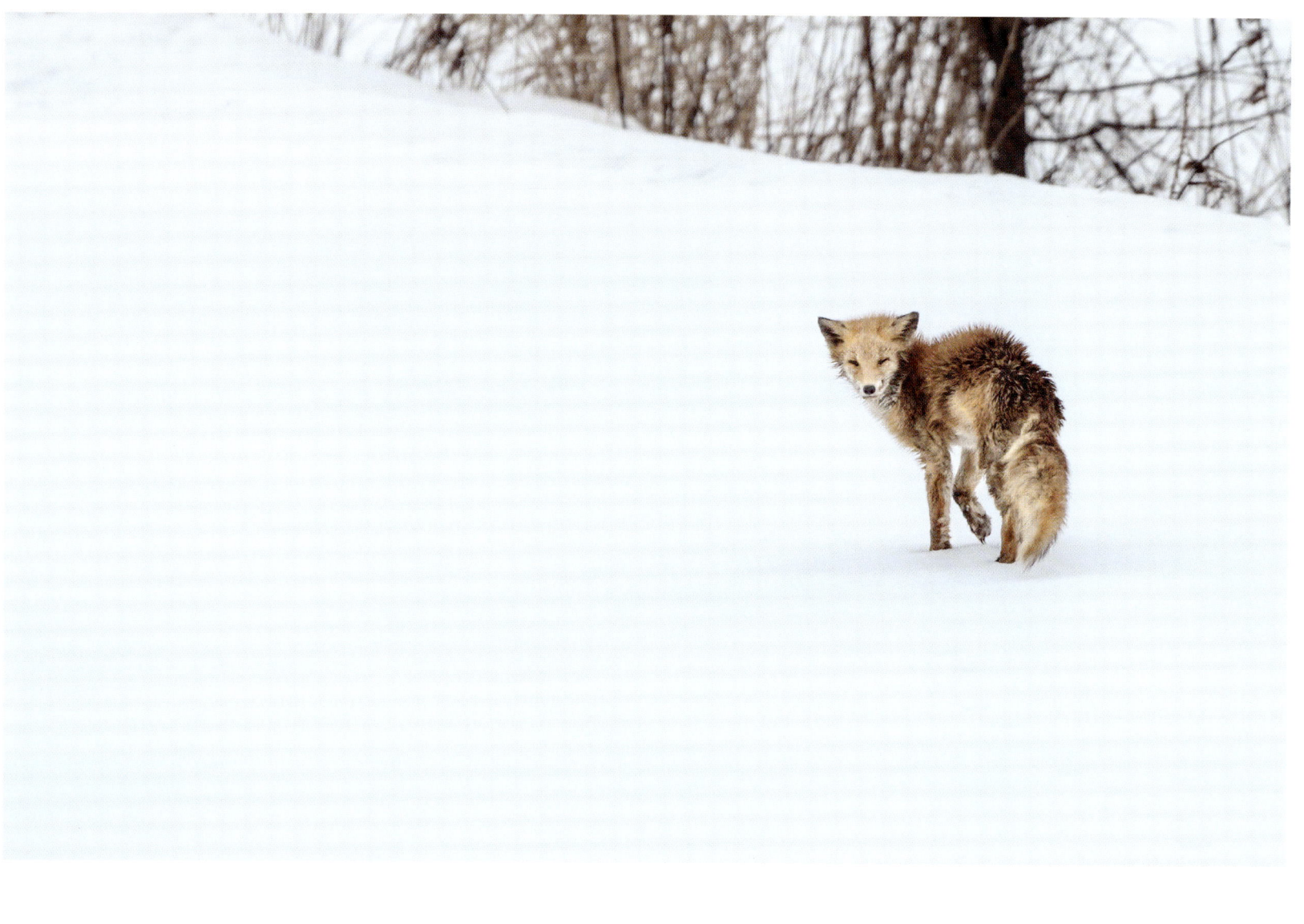

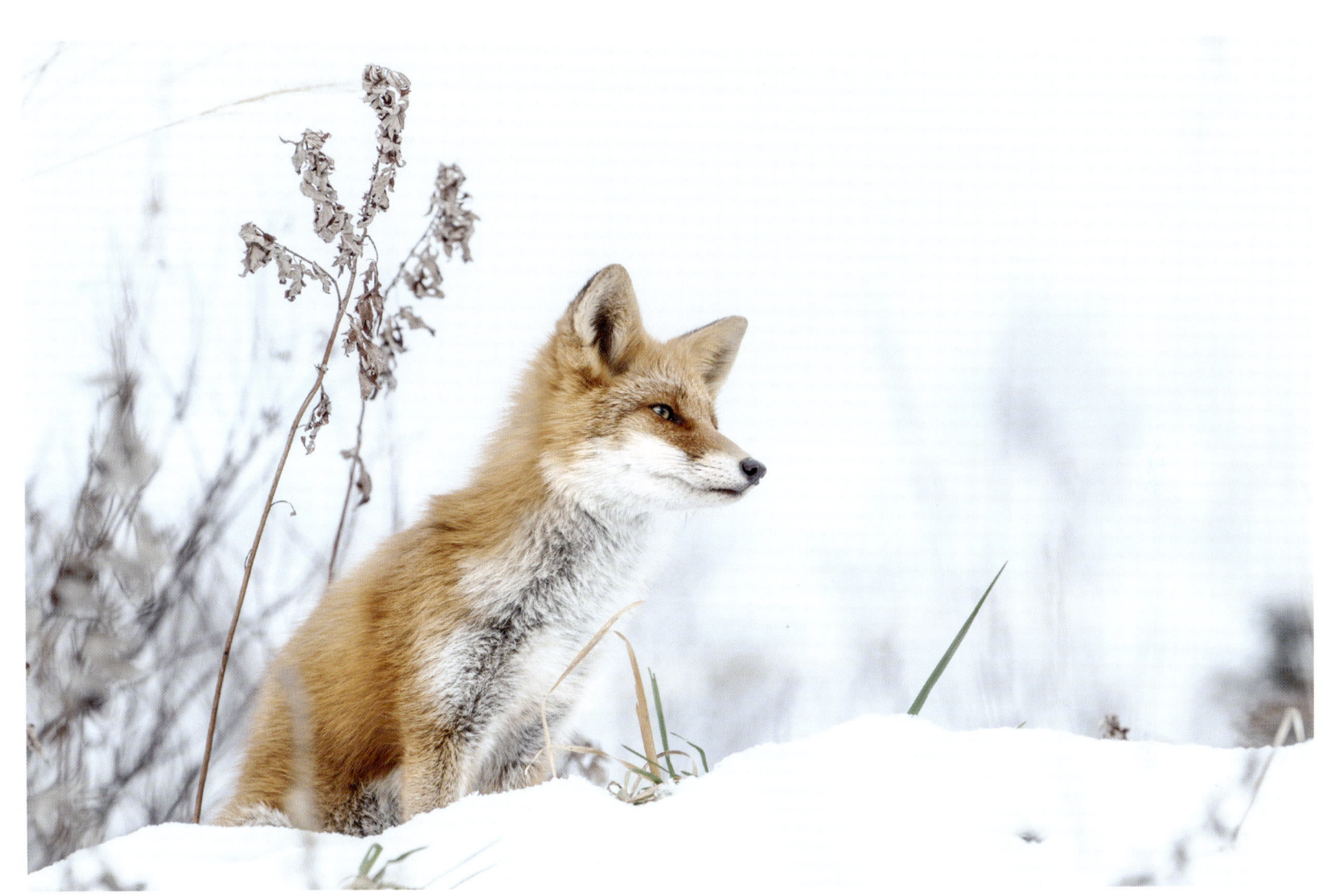

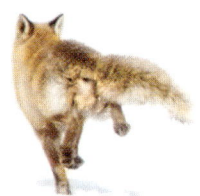

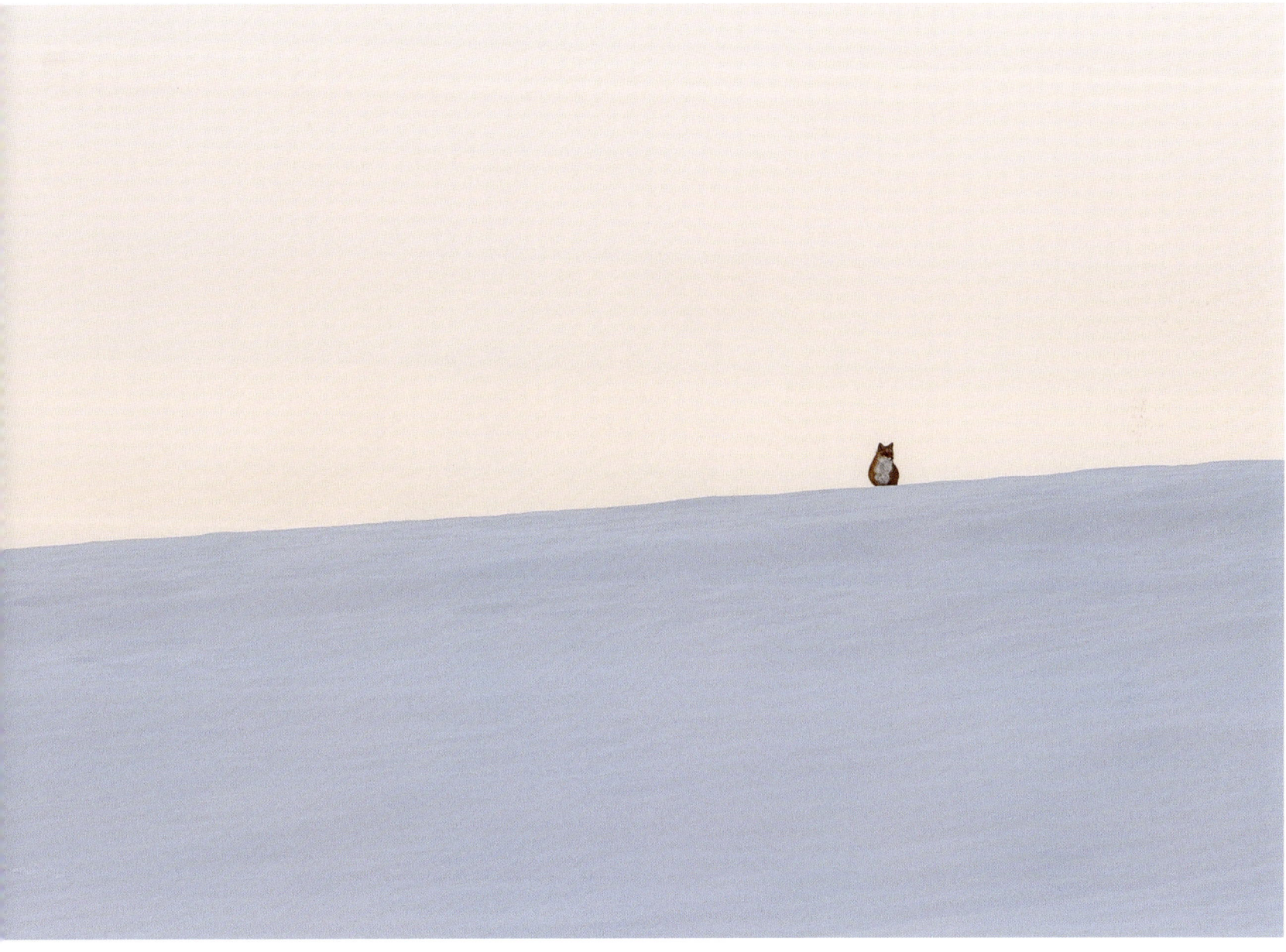

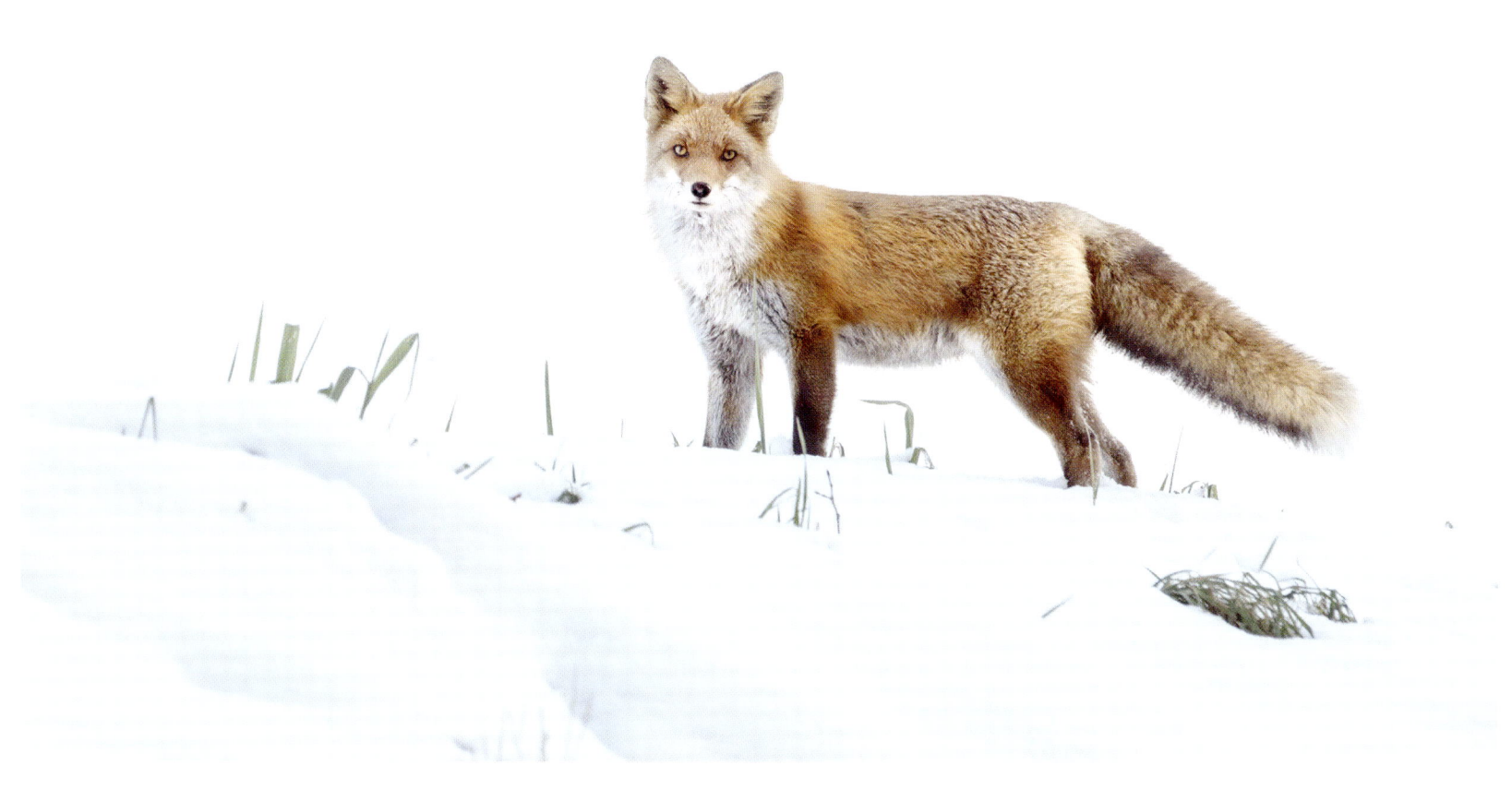

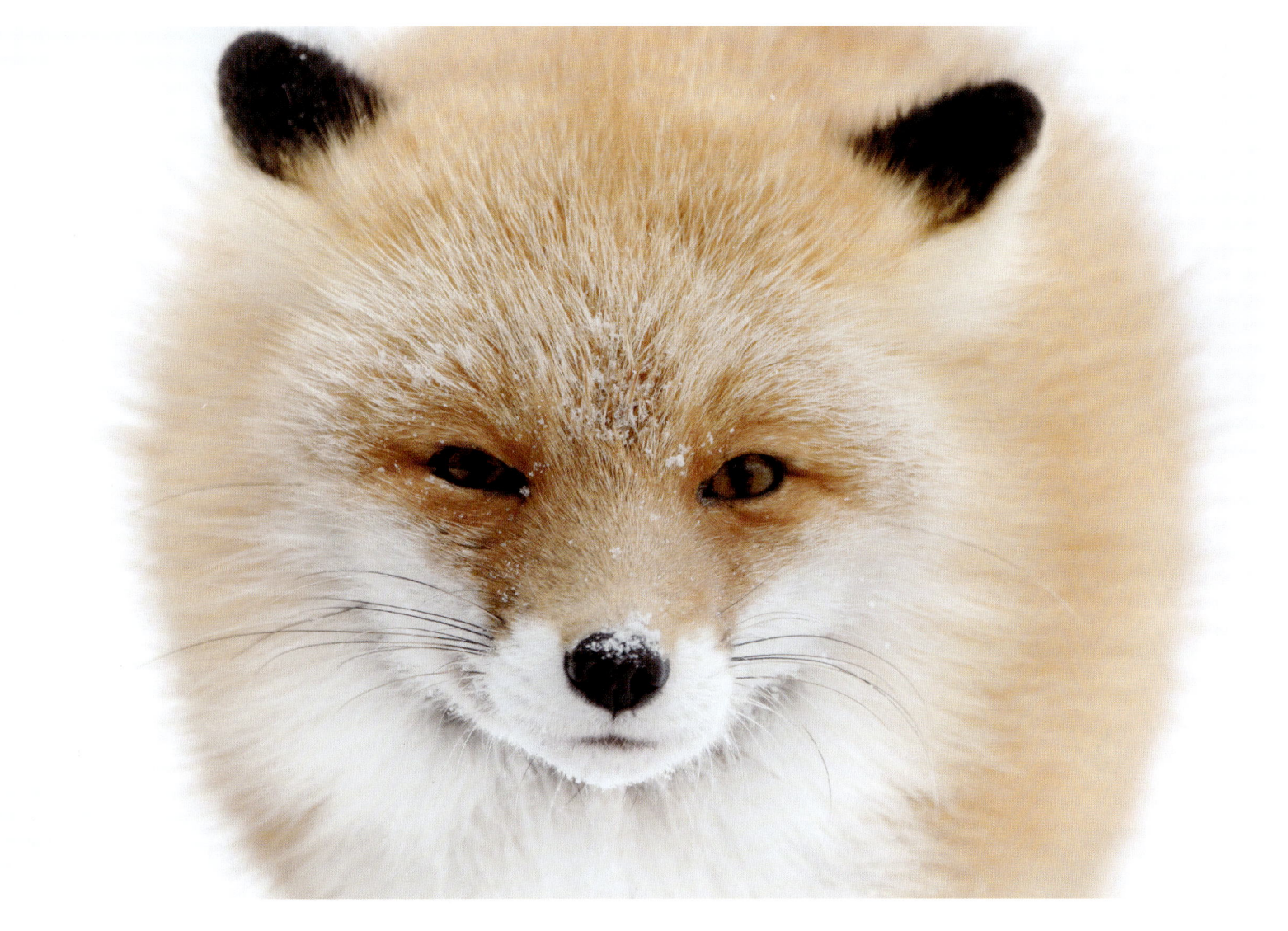

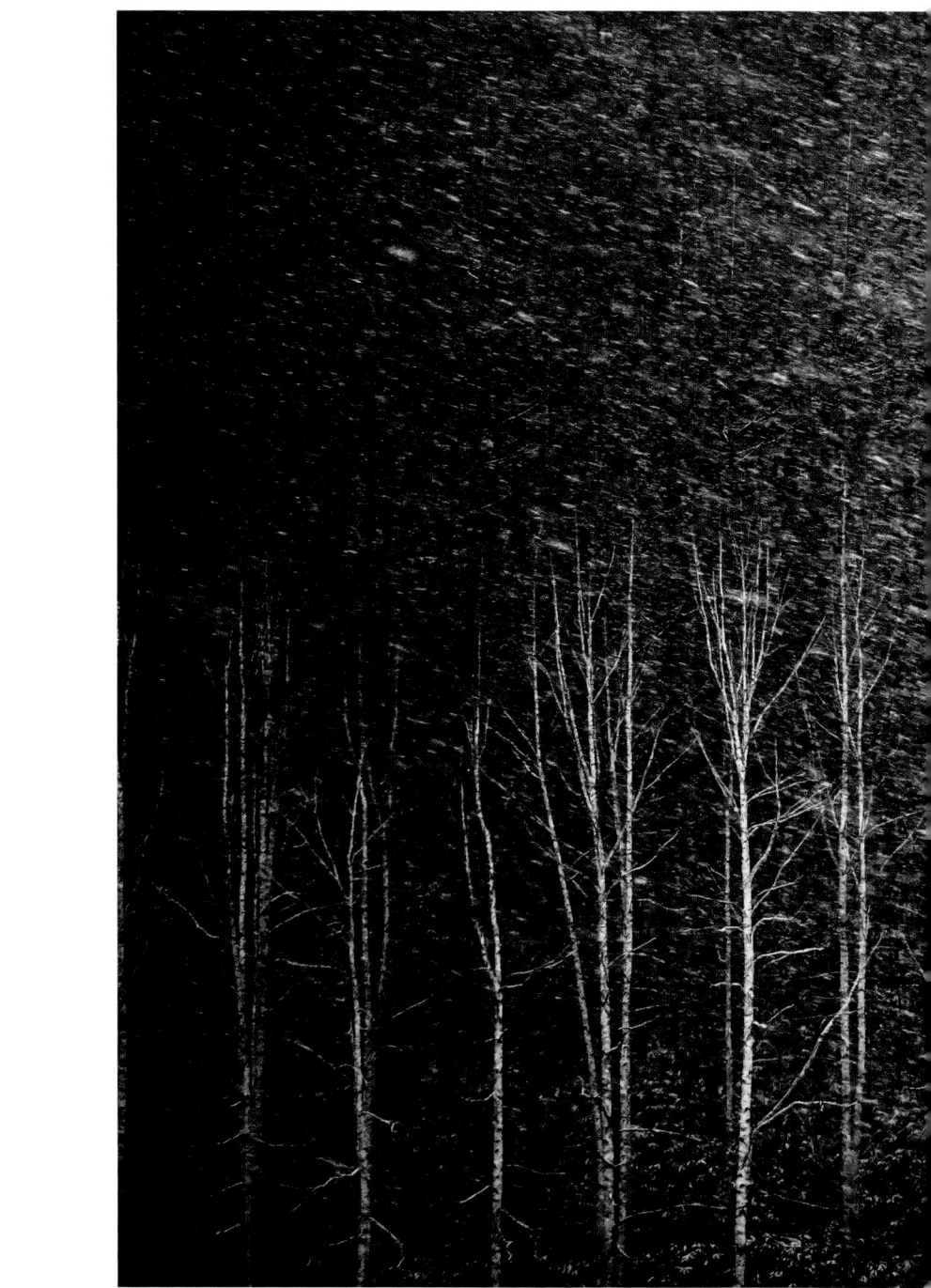

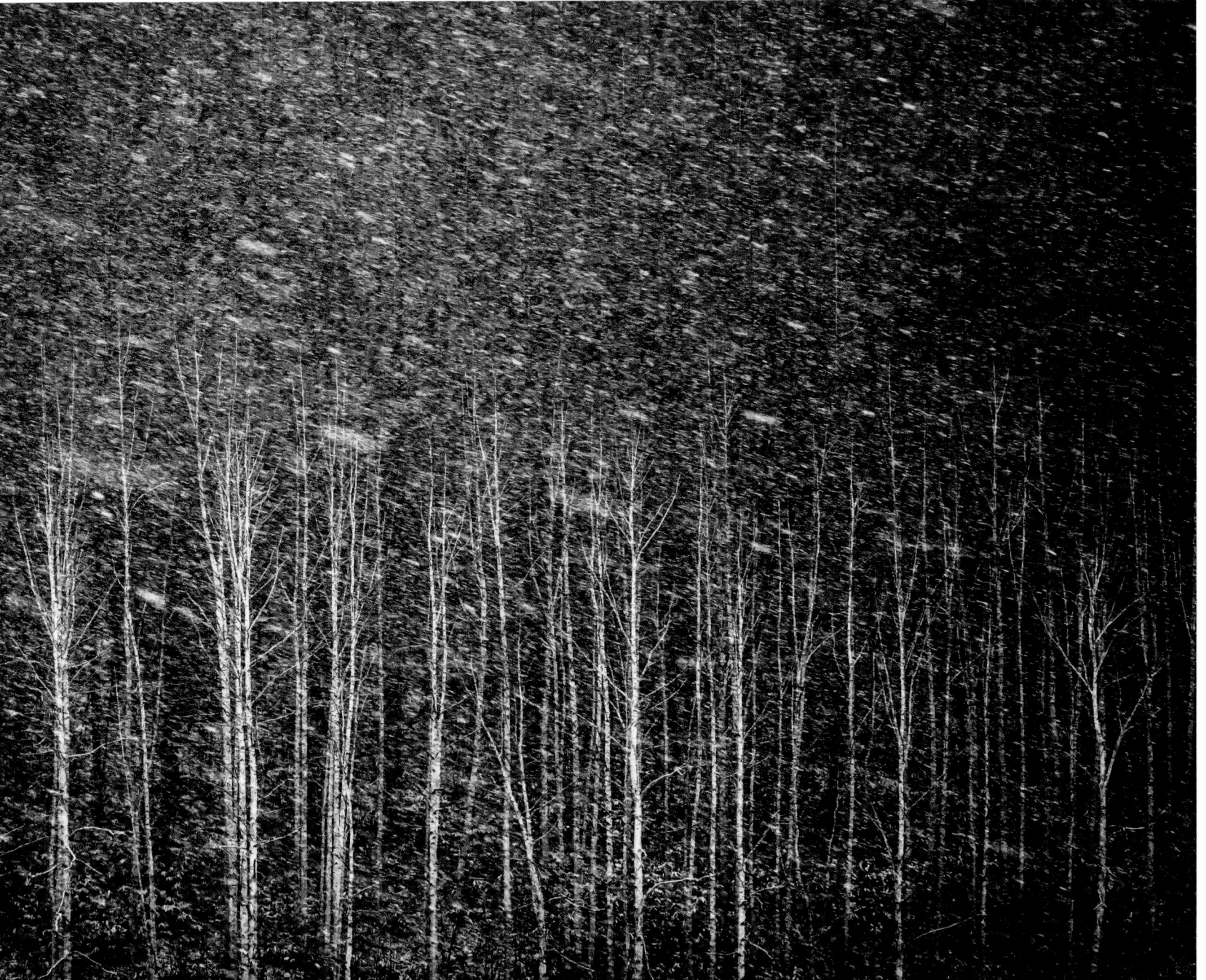

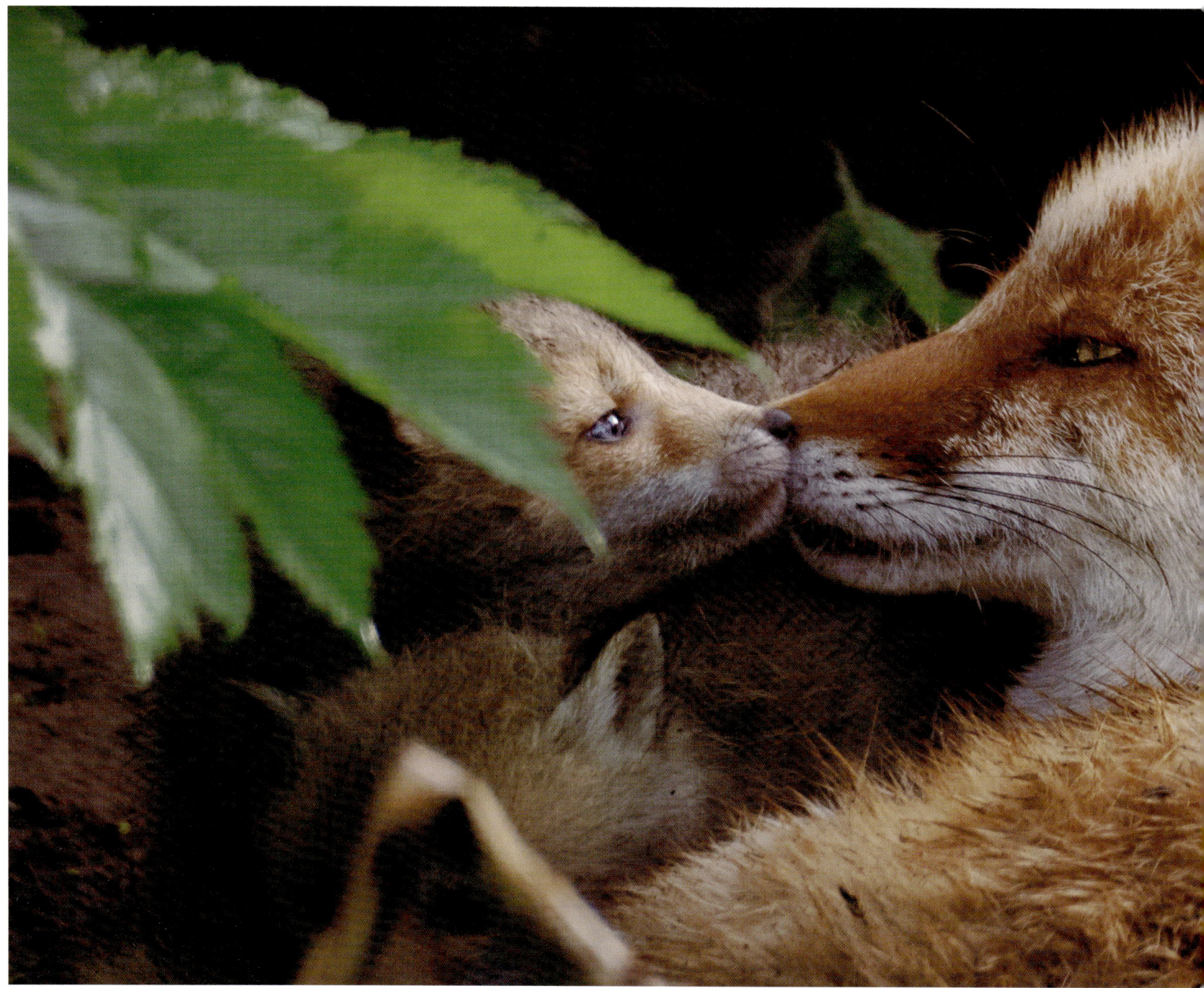

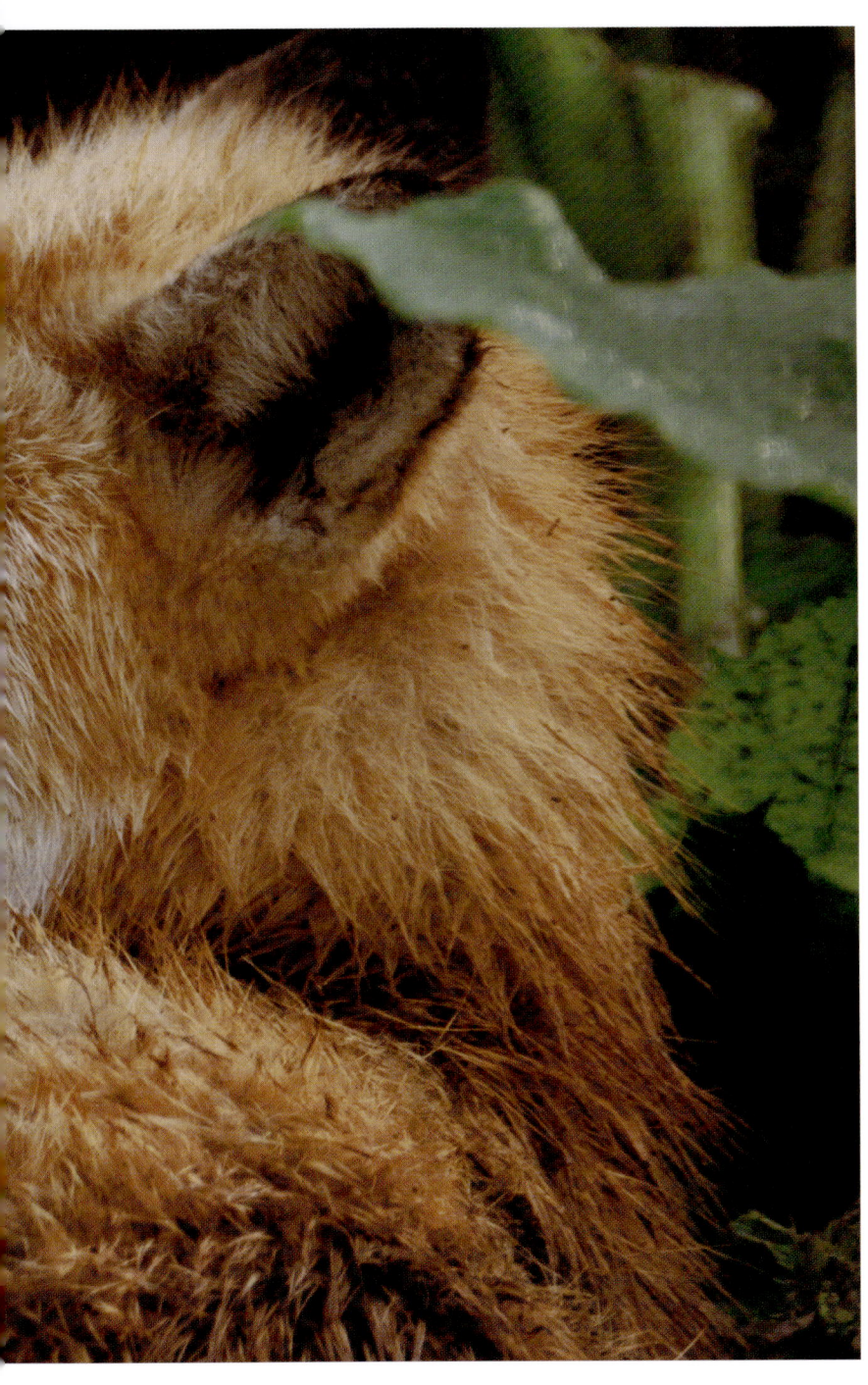

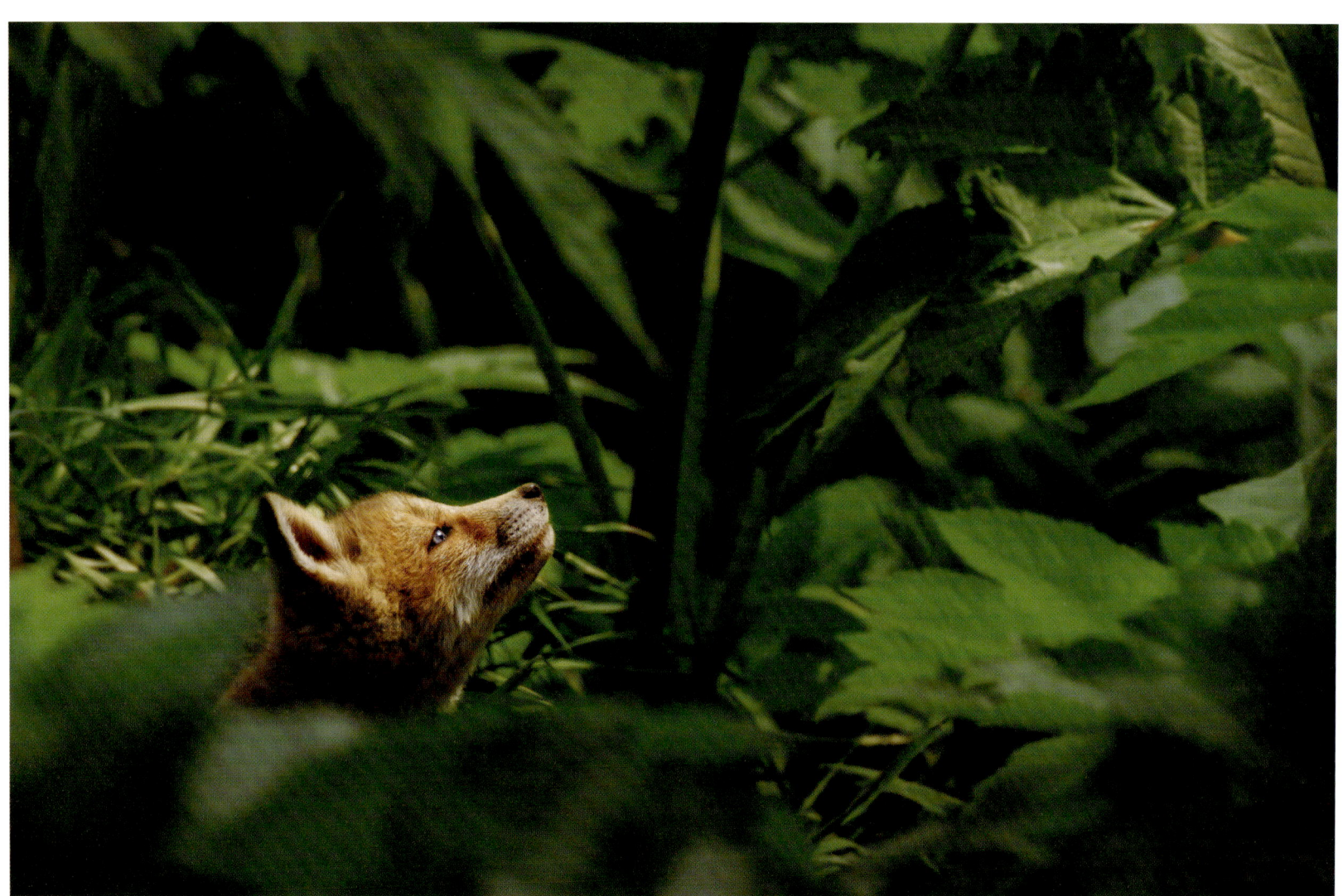

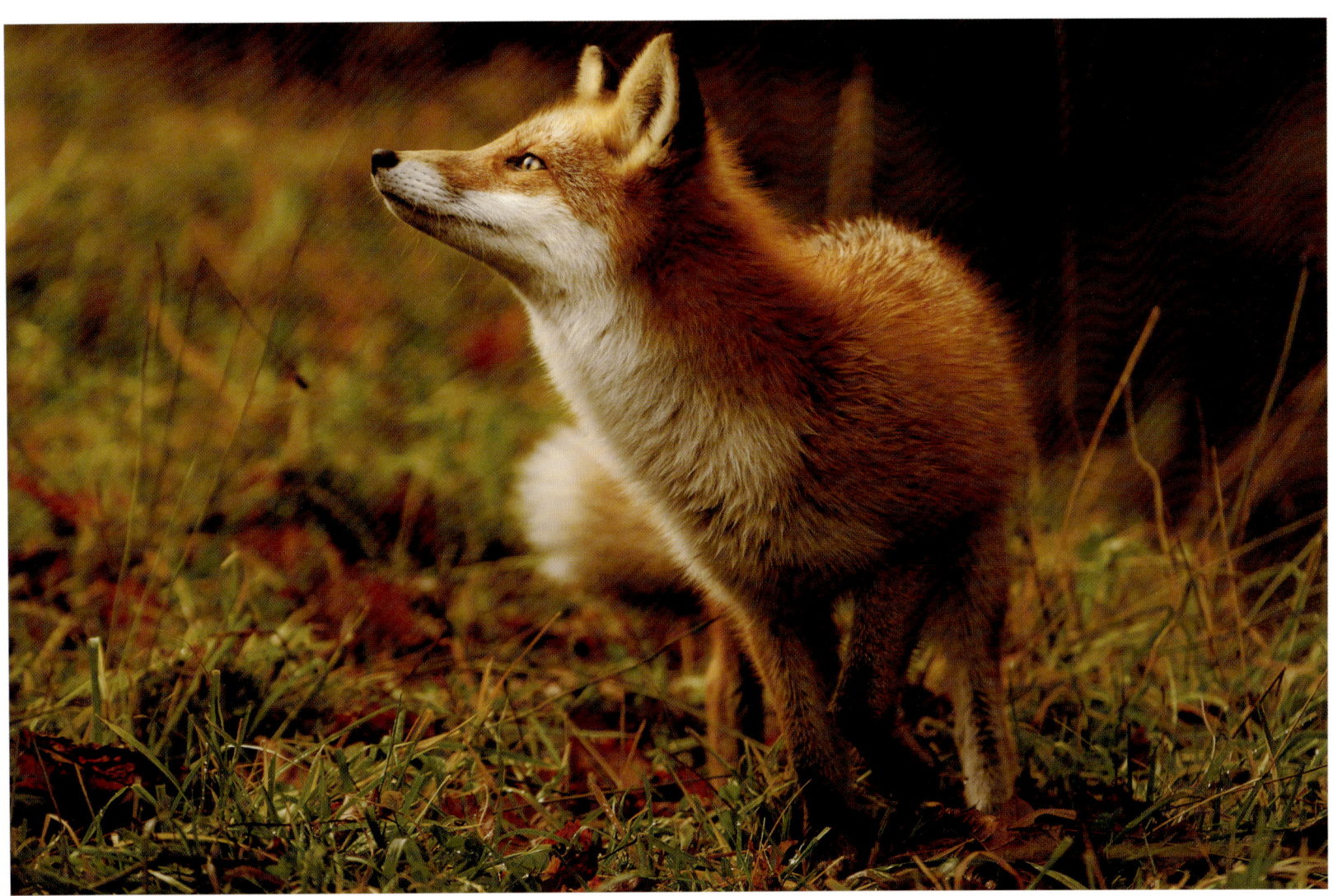

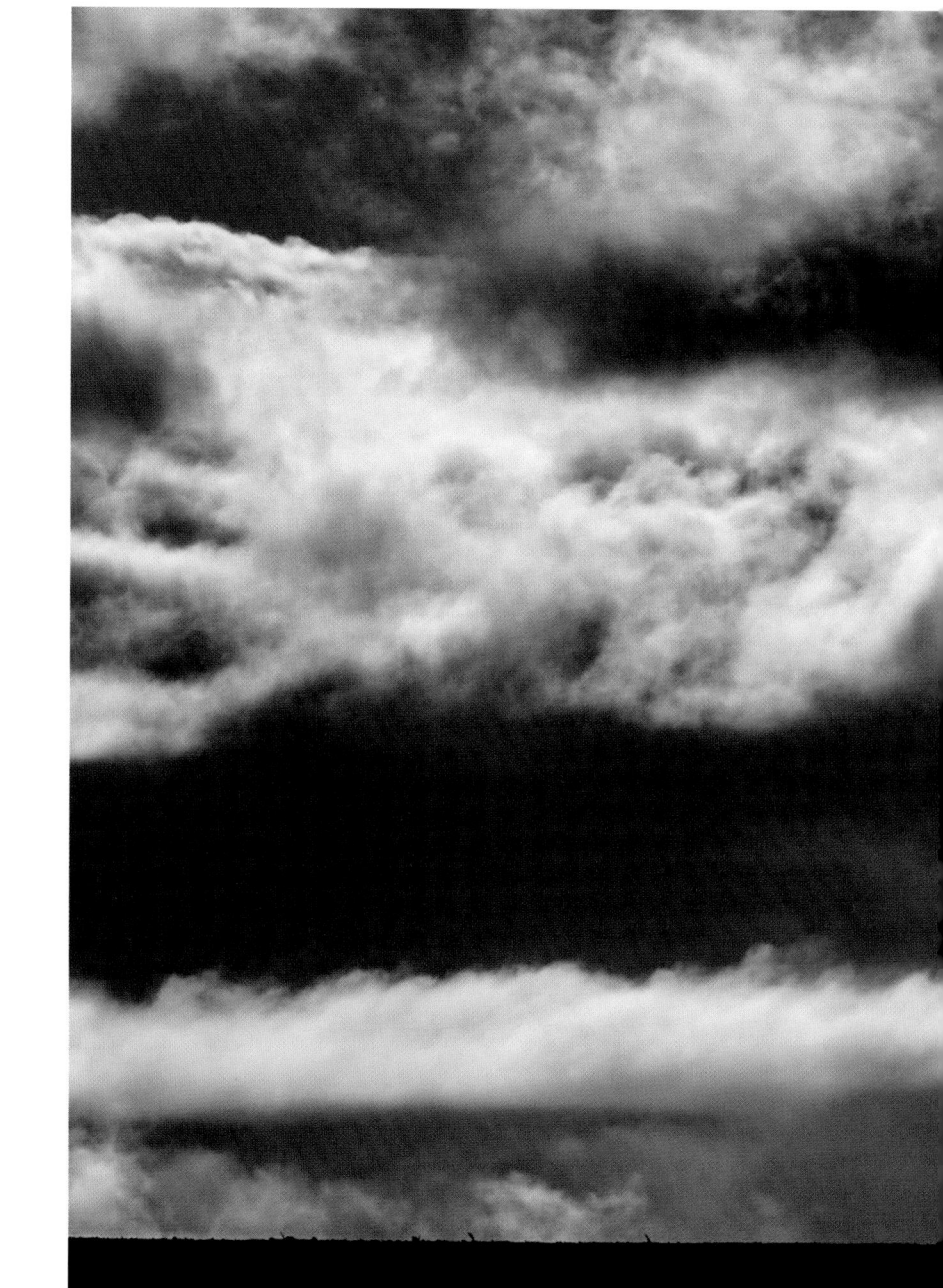

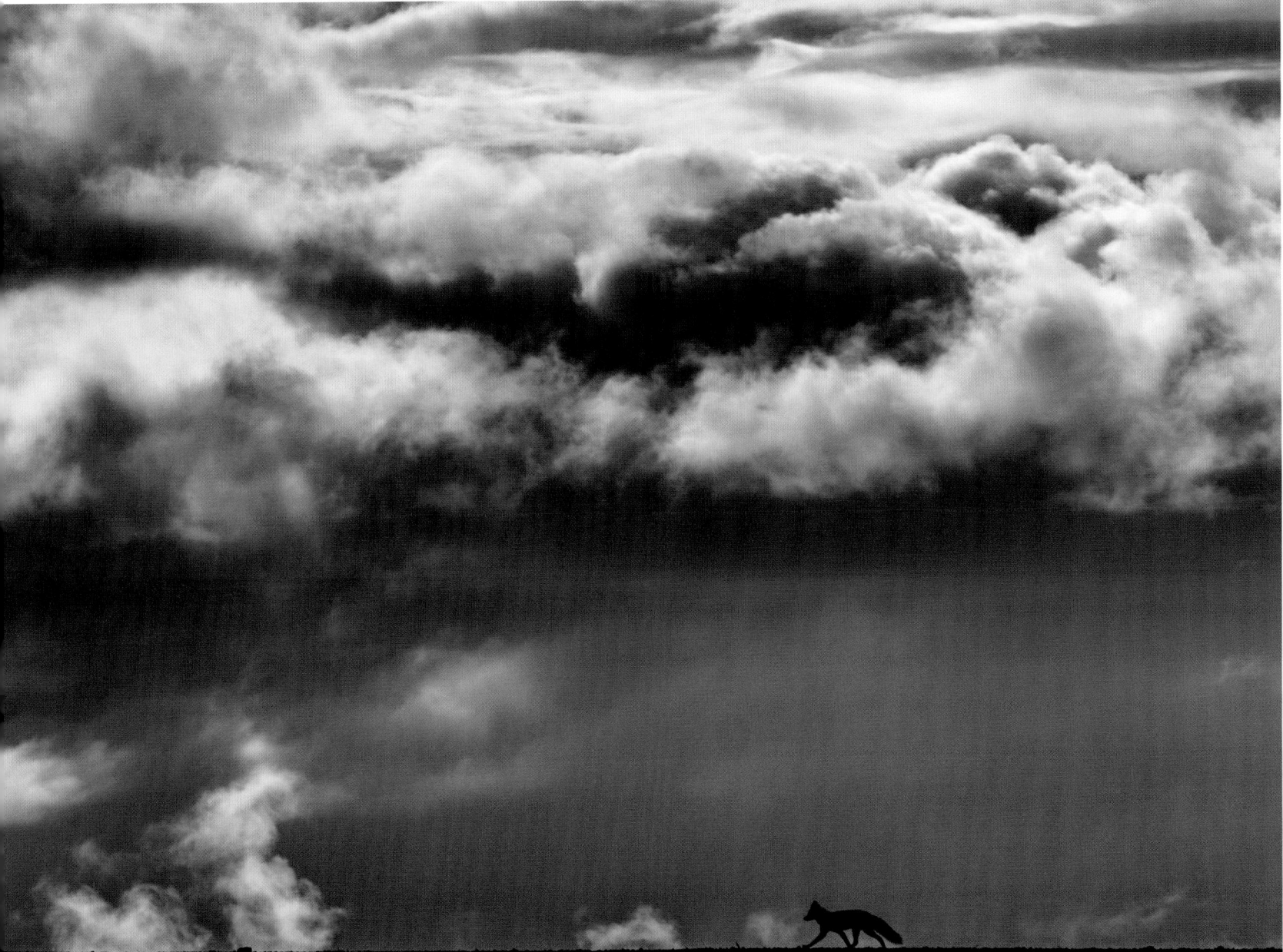

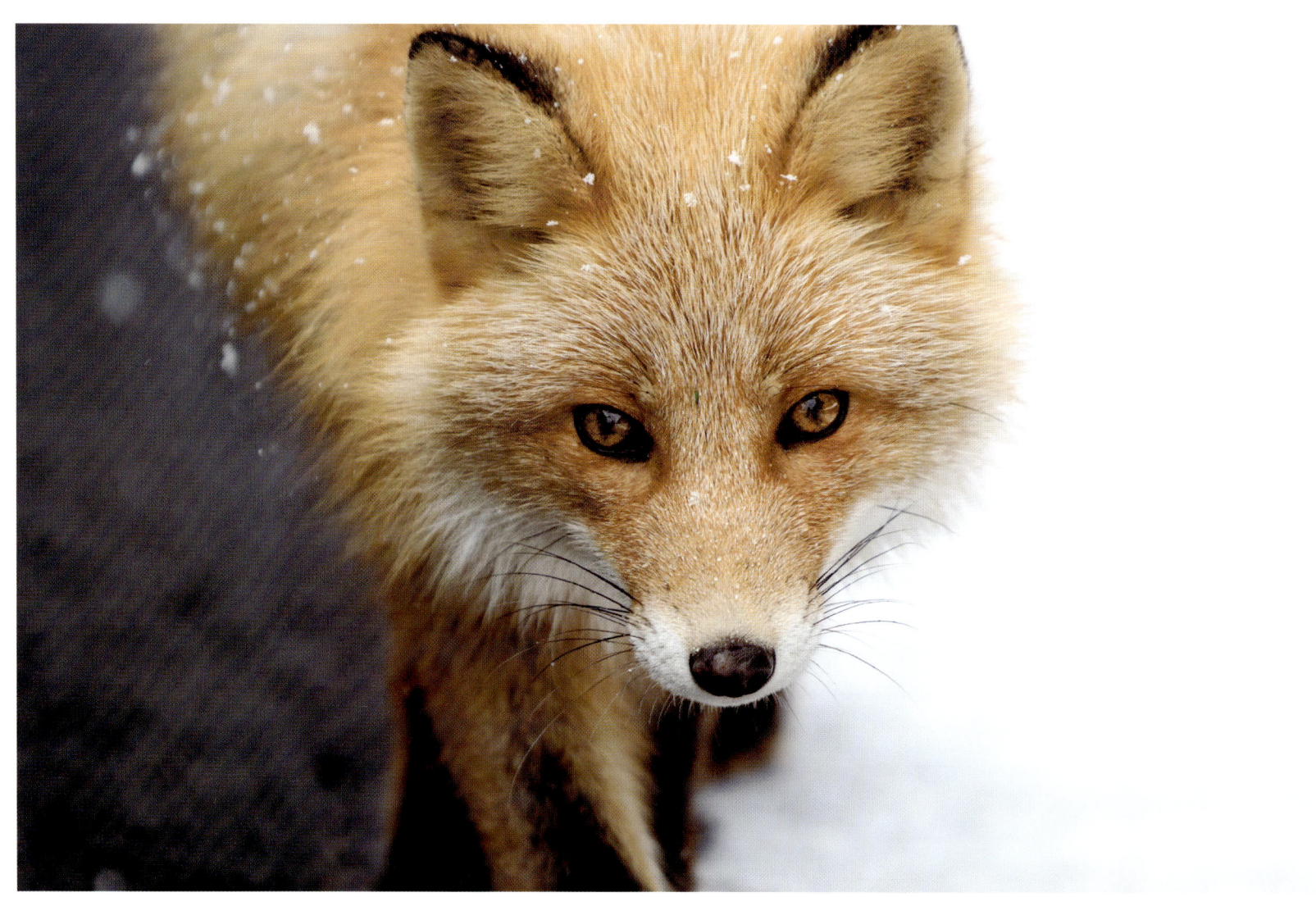

눈과 아스팔트의 경계를 걷는 북방여우들. 그들을 상징하고 있는 한 장면이 아닐까 싶다.

이 책에 실린 북방여우 사진의 대부분은 'A Wild Fox Chase(여우 사냥)'라는 제목을 붙인 시리즈다. 'wild goose chase(헛된 노력)'라는 영어의 관용구를 따서 만든 것이다.

홋카이도北海道에서 가장 먼저 시작한 사진 촬영은 풍경이었다. 자연을 앞에 두고 몇 시간이고 셔터 찬스를 기다리던 나의 옆을 순식간에 달려나가고, 새하얗게 빛나는 은빛 대지로 곤두박질치거나, 때로는 나의 시야에 가만히 들어와 우아하게 앉아 있는 보송보송한 생명체가 있었다. 바로 북방여우들이었다.

결국 내가 담으려던 대상은 풍경에서 신출귀몰한 그들에게로 서서히 옮겨갔다.

가축도 아니고 반려동물도 아니라고 한다면 북방여우는 야생동물이라고 할 수 있을 것이다.

그런 인식을 가지고 그들을 찍기 시작하다 이윽고 하나의 의문에 직면한다. '야생 그 자체'라고 단언할 수 있는 북방여우는 과연 존재하는 것일까?

풍부한 자연의 이미지를 지닌 홋카이도이지만, 예를 들면 농지가 많은 편인 비에이美瑛나 후라노富良野의 인상적인 풍경처럼, 사실 이 땅은 근대 이후의 개척과 깊이 연관된 인간에 의해서 만들어진 곳이다.

이곳에 사는 동물들은 밭을 종횡무진 달리며 쥐를 잡기도 하고, 농작물을 훔치기도 하고, 목장이나 양계장의 폐기물을 노리기도 한다. (폐기물일지라도 야생동물에게는 진수성찬이다.) 또한 최근에는 관광객들이 여우에게 먹이를 주는 일이 빈번해졌다.

인간 사회에 의존하지 않는 동물이나, 하물며 인간과 접촉한 적 없는 동물이 지금의 홋카이도에 존재하고 있는 것일까? 적어도 내가 느끼기에 북방여우는 인간 생활 주변 아니면 자연과의 경계 위에서 살아가는 듯하다.

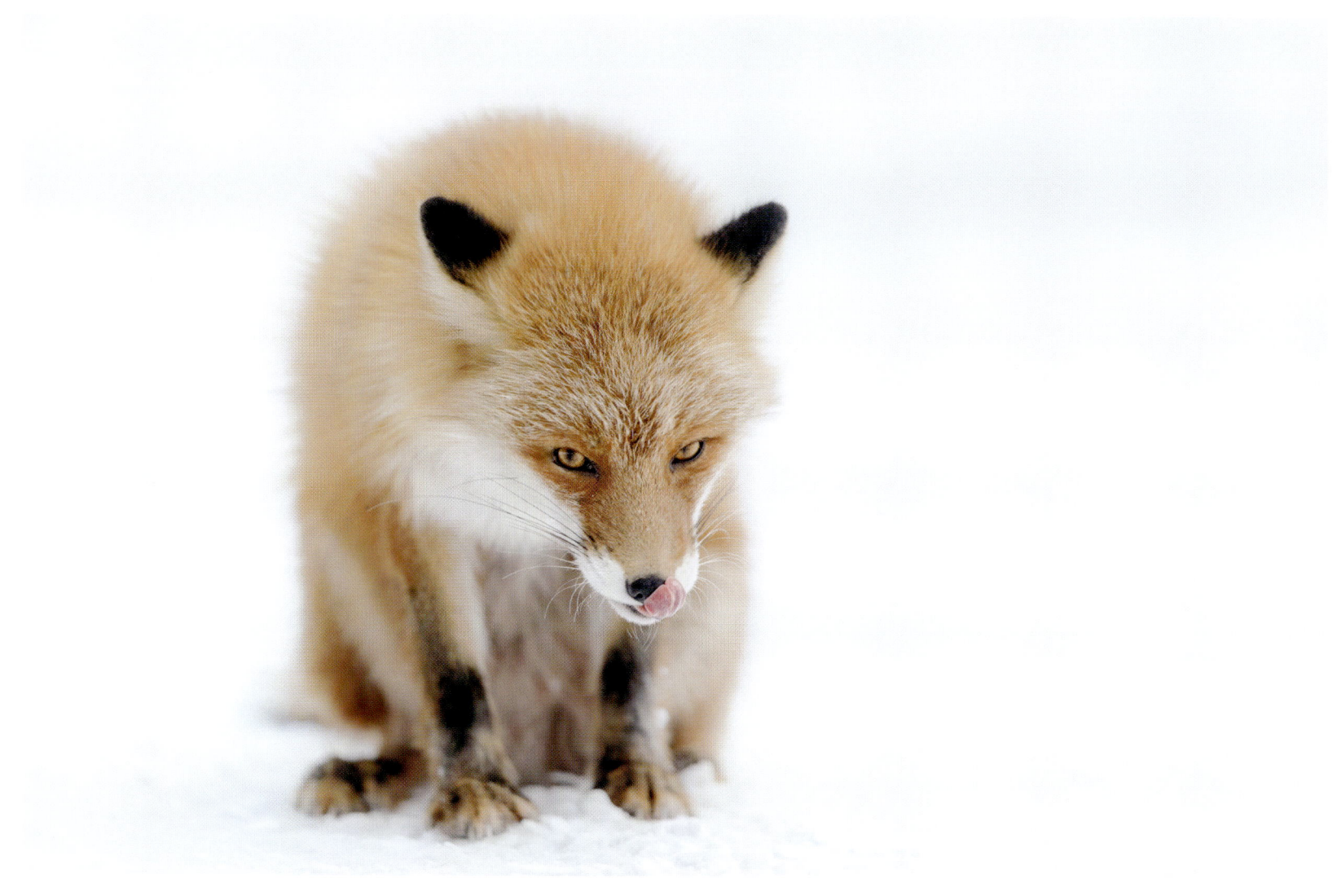

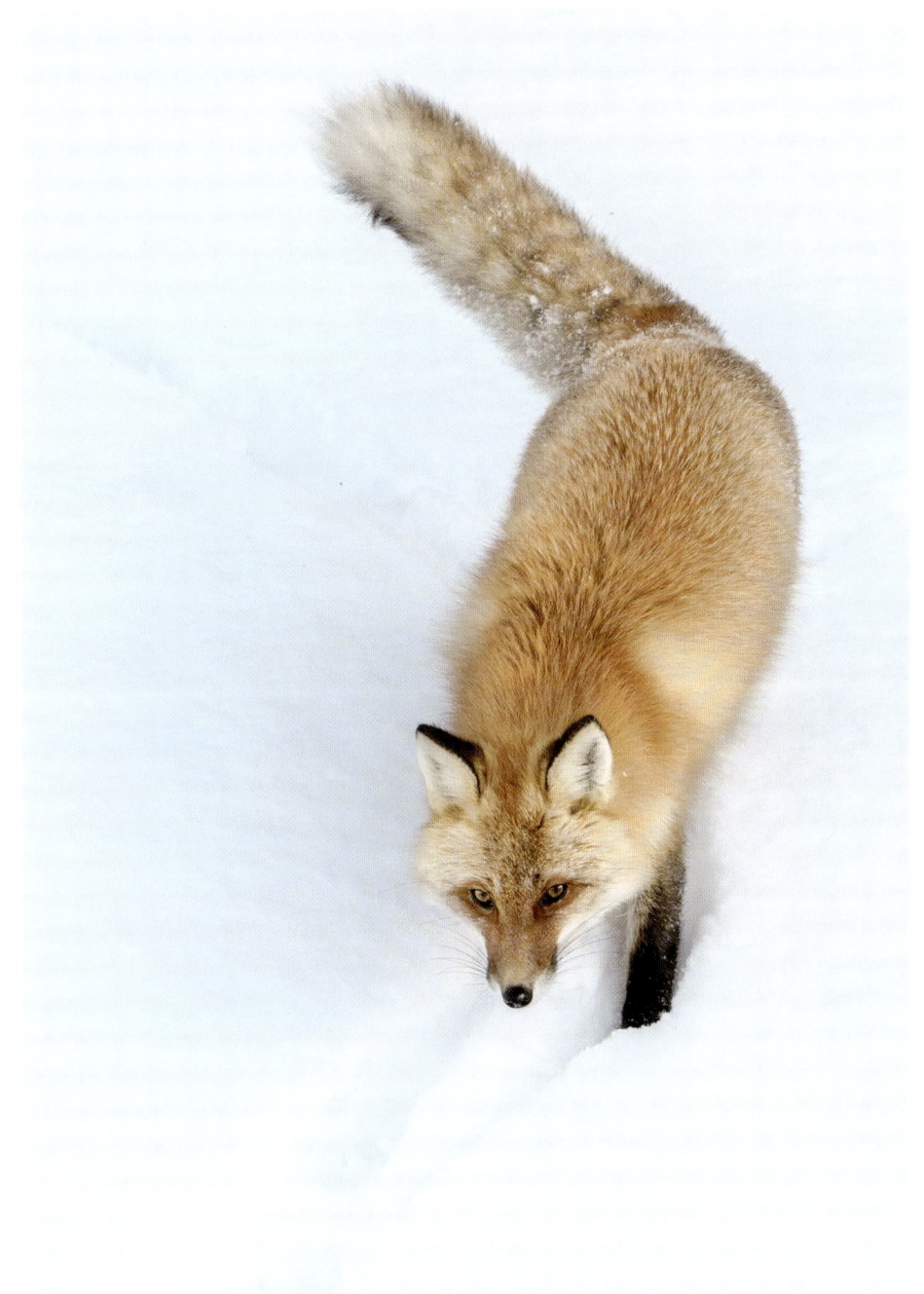

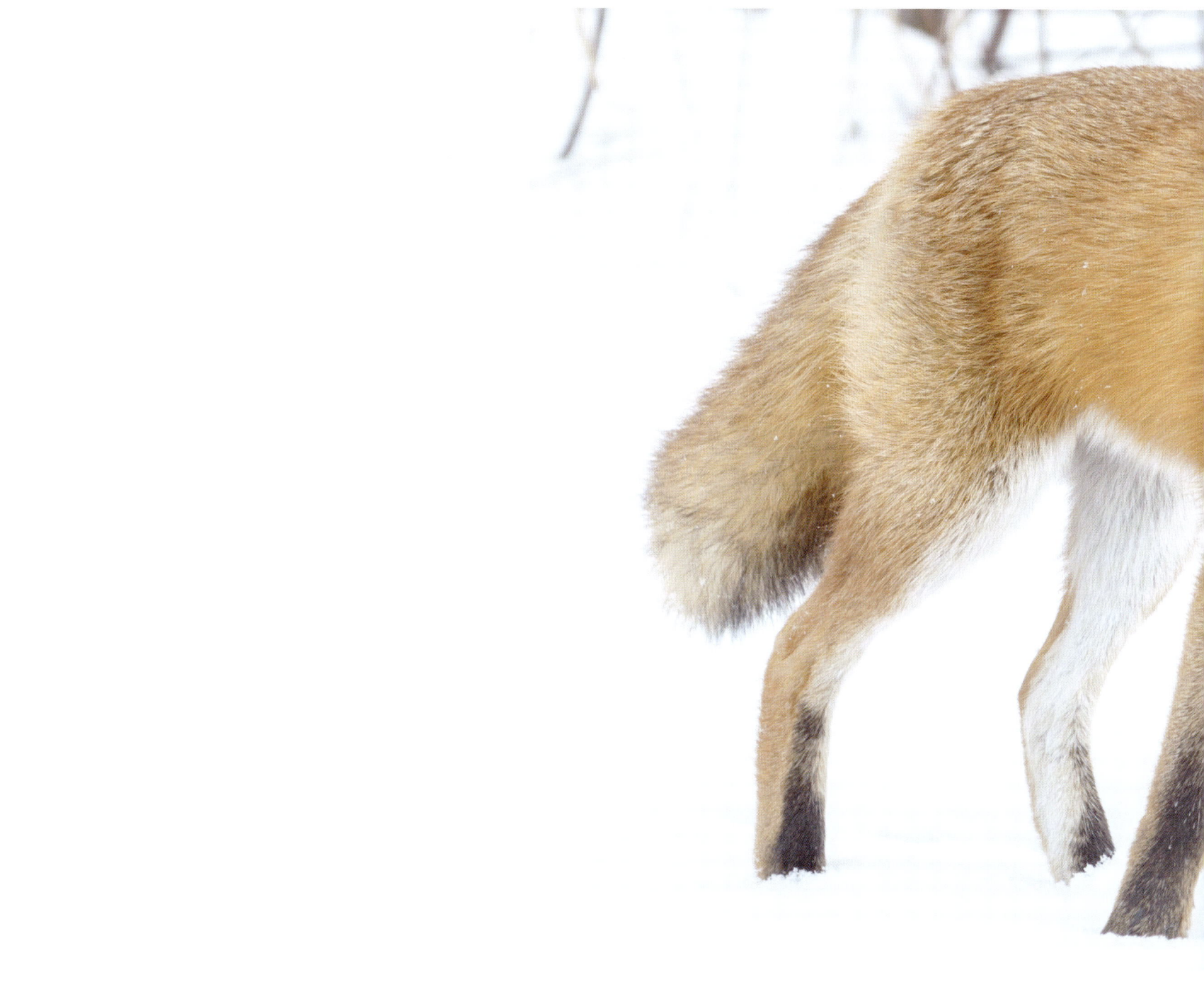

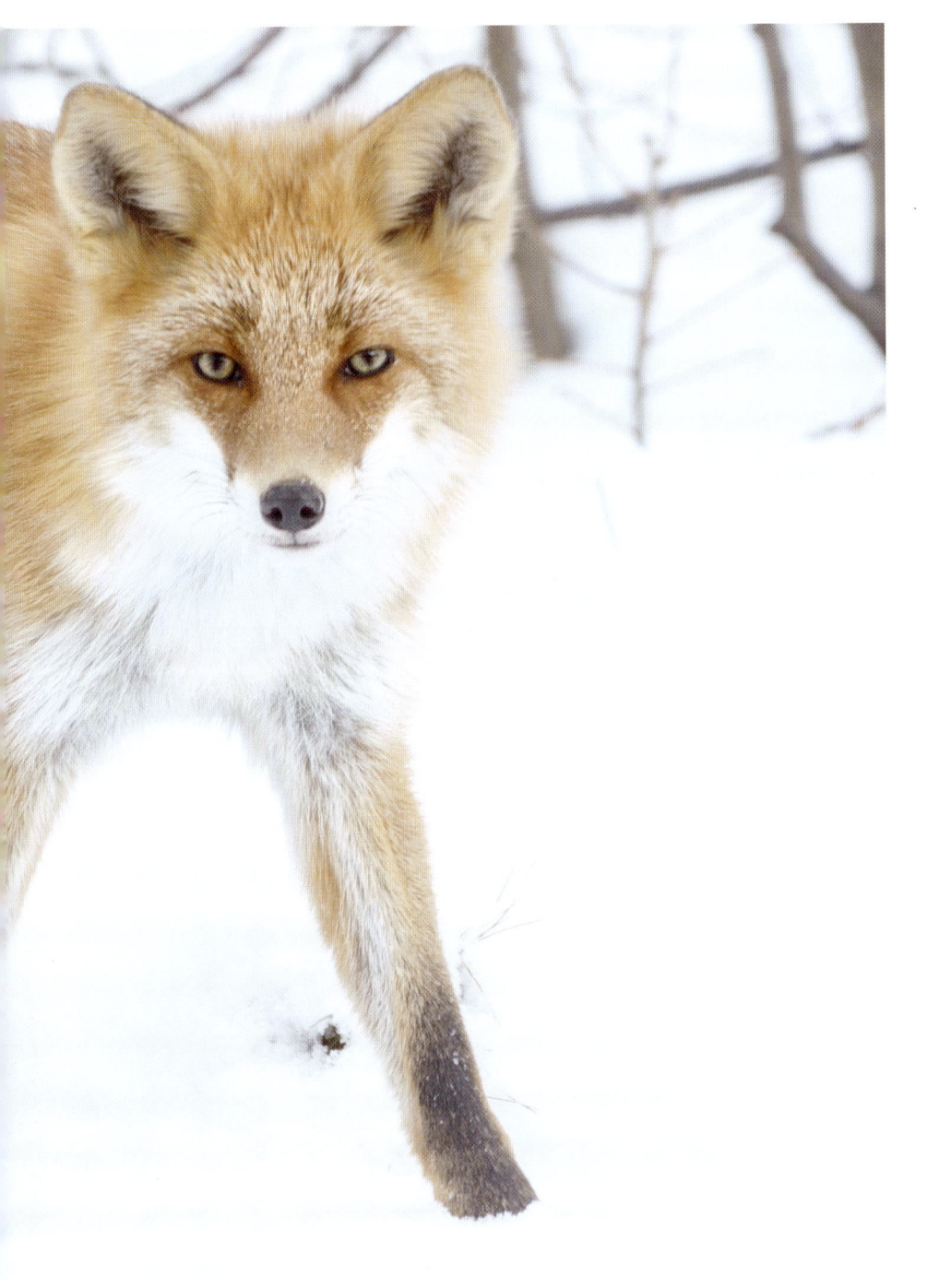

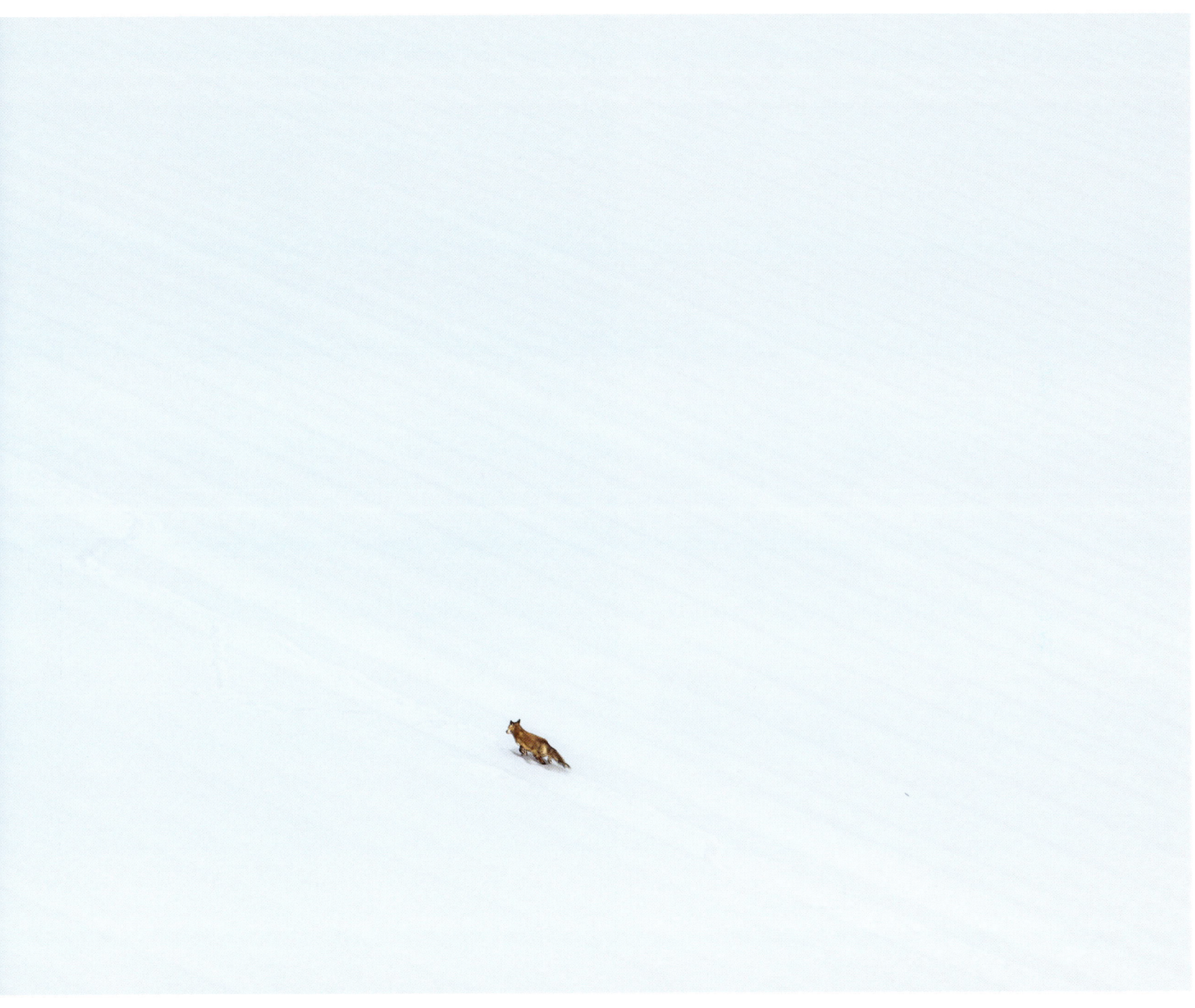

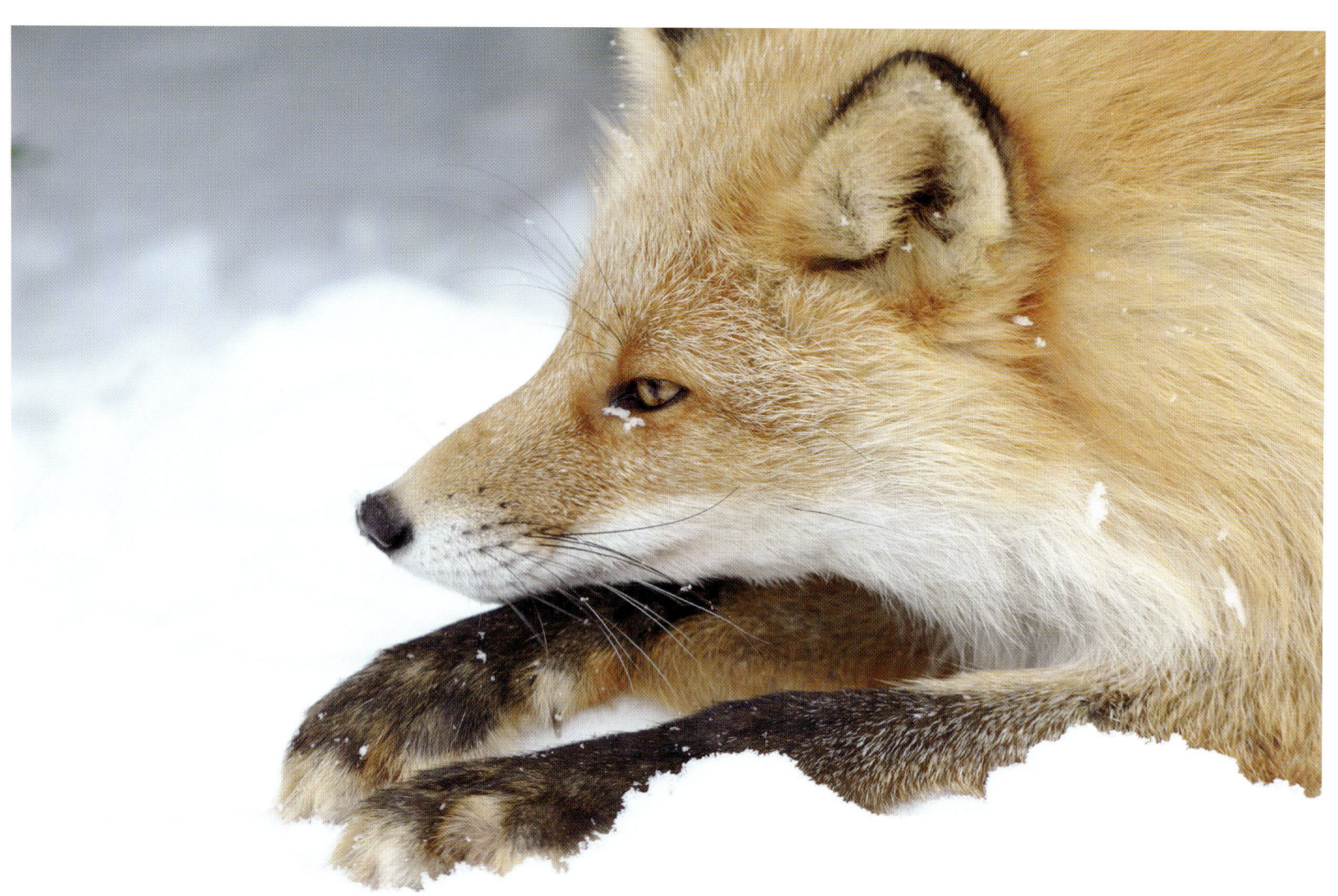

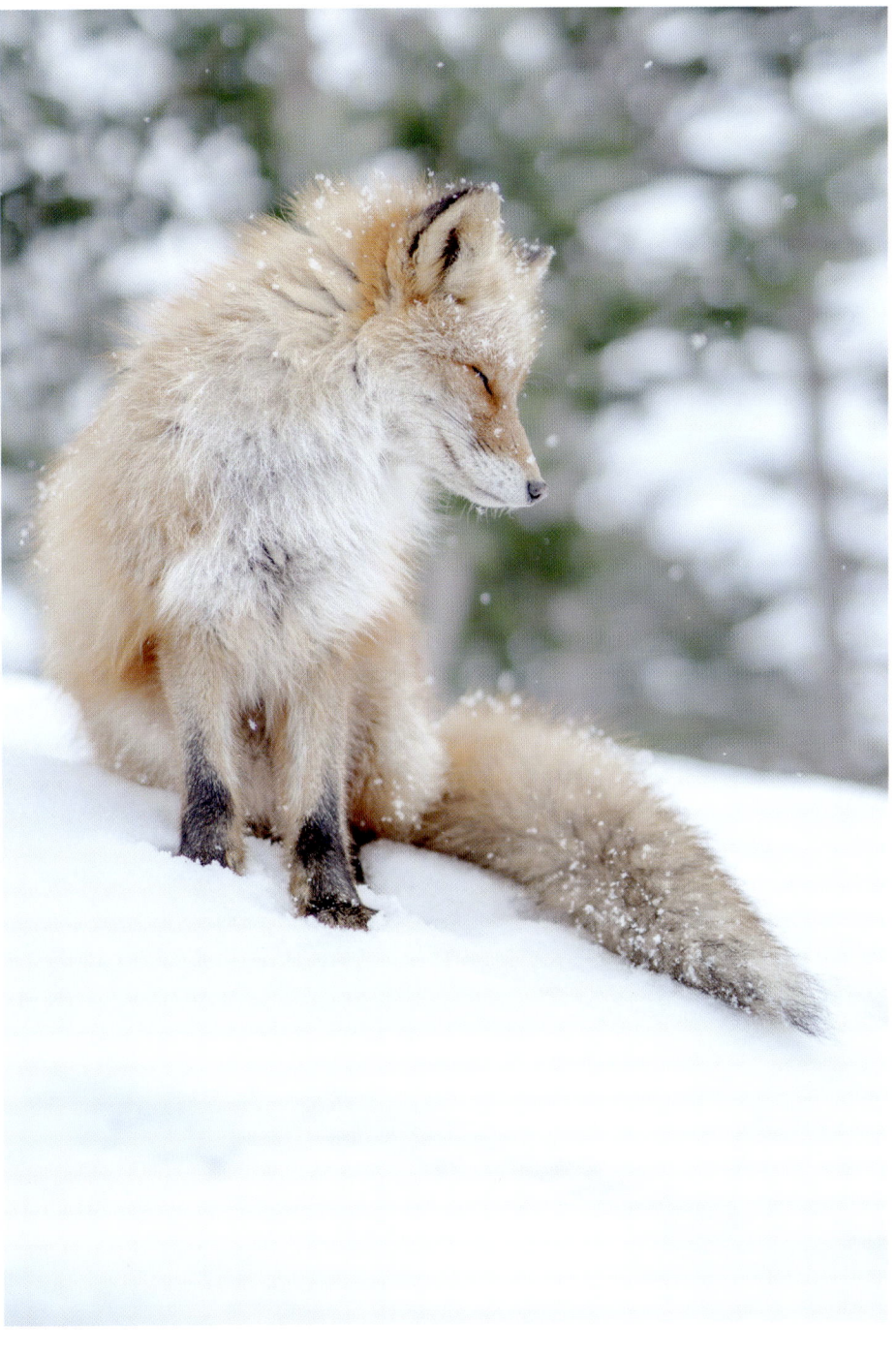

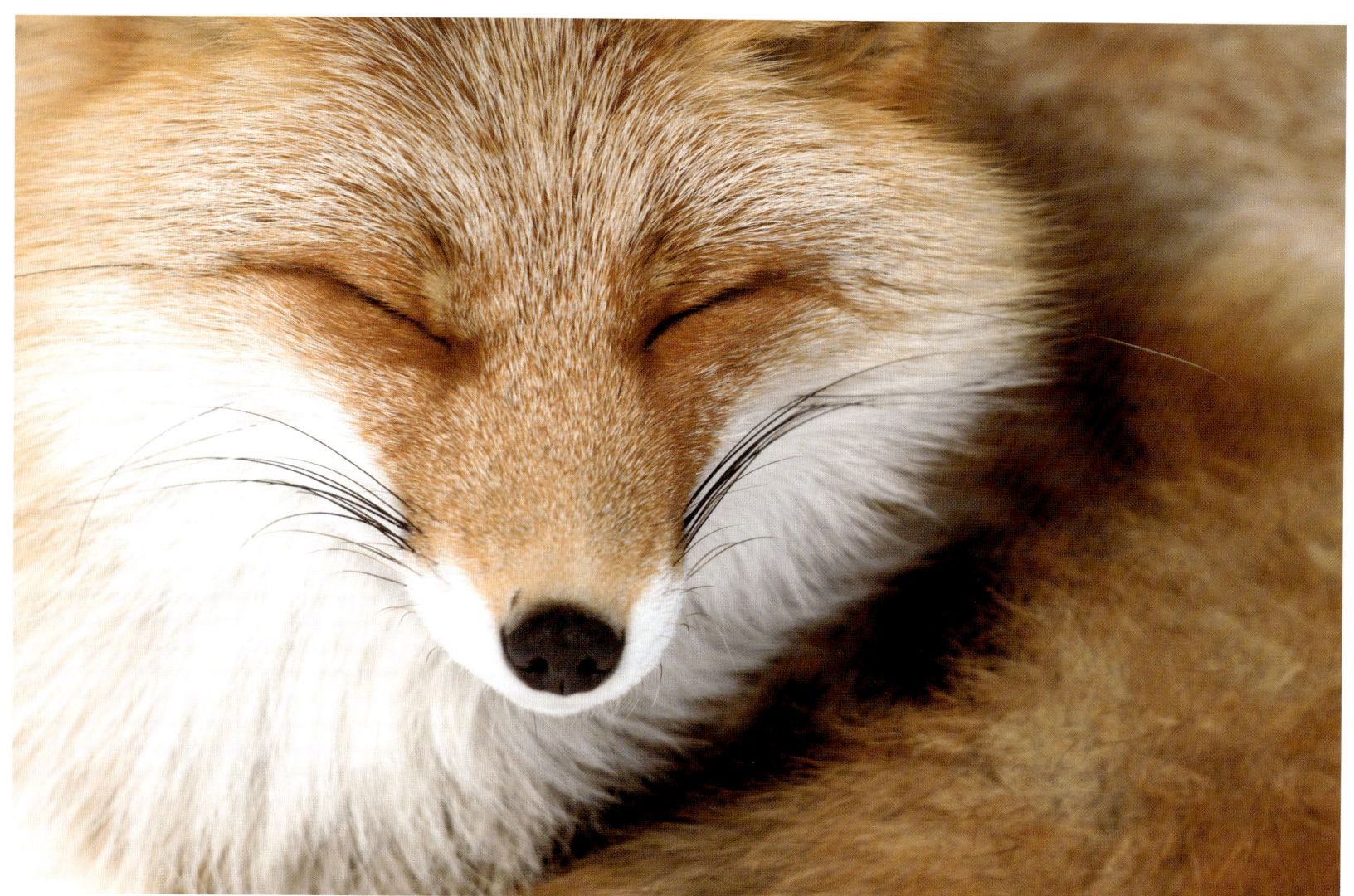

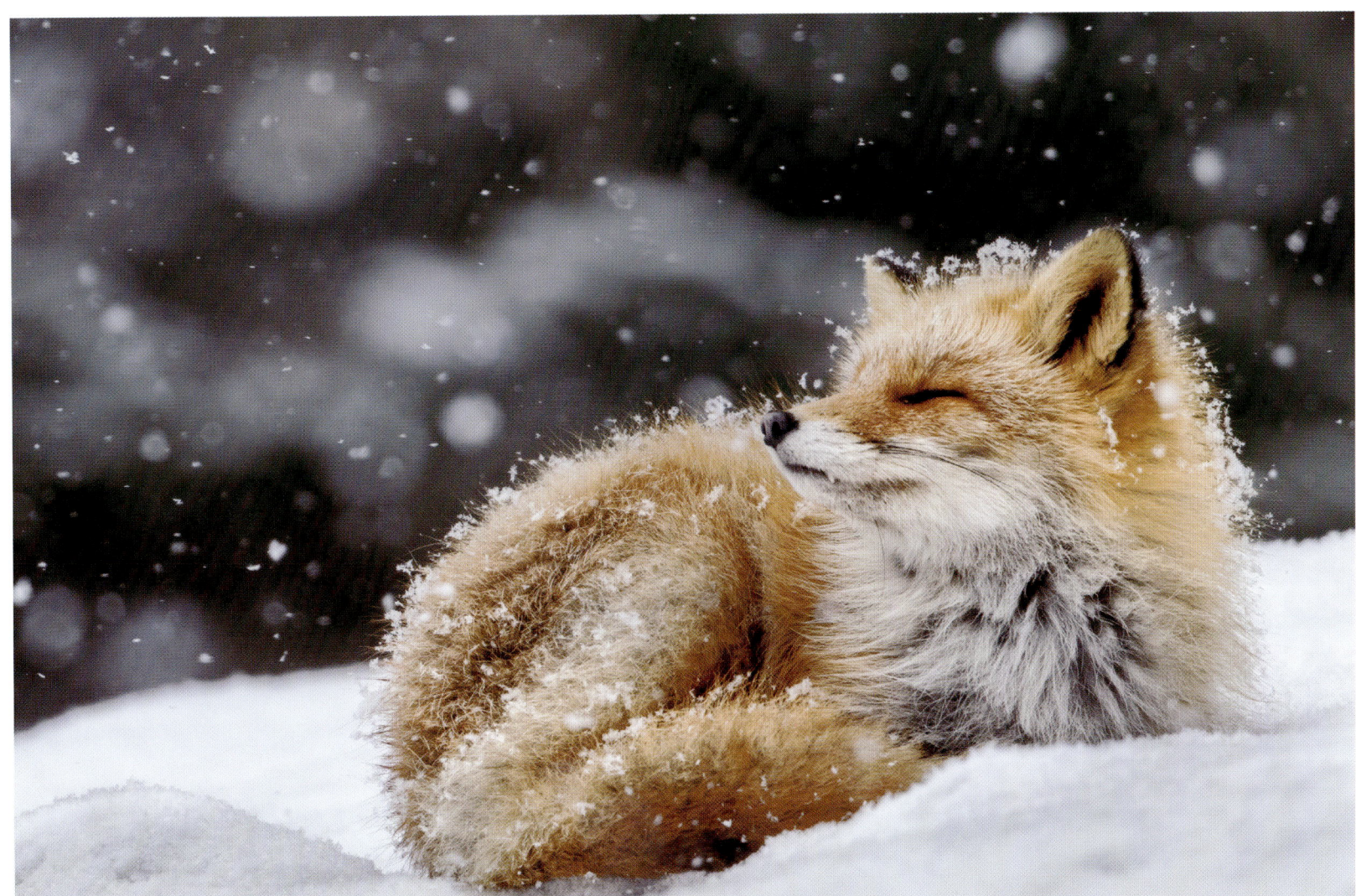

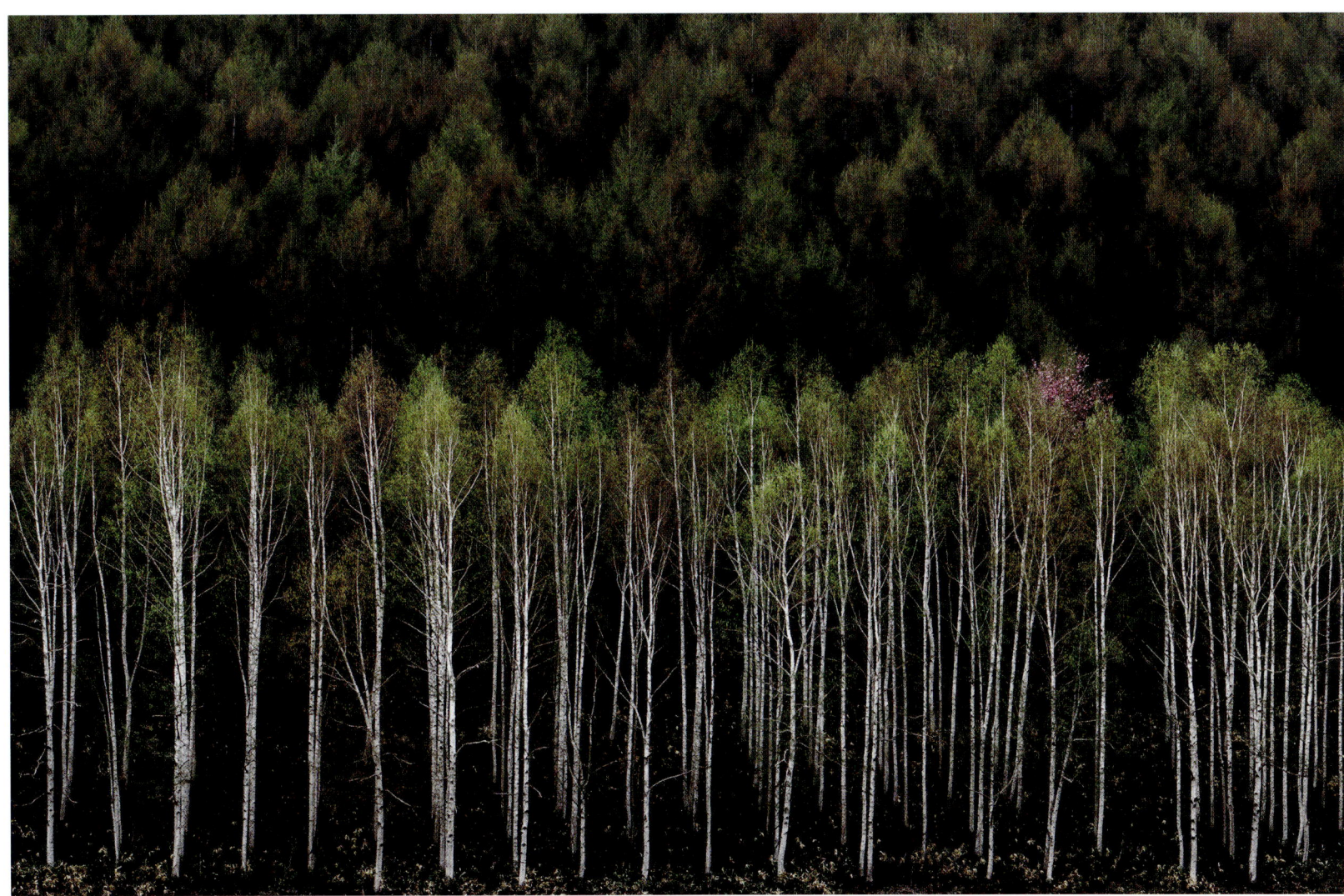

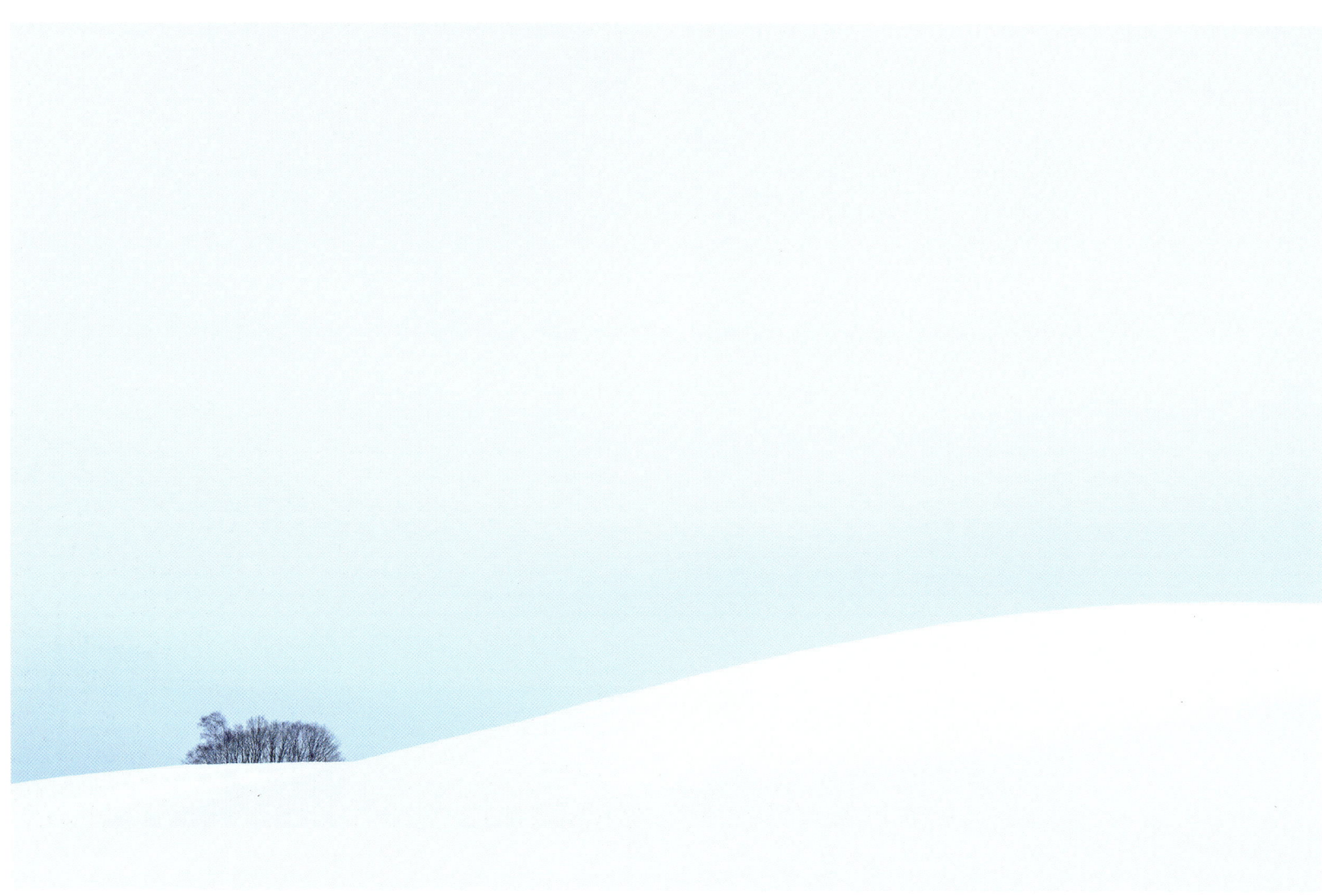

저자 후기

본격적으로 풍경 사진을 시작하게 된 건 홋카이도로 이주하고부터입니다. 이곳에서의 시간은 풍요로운 자연의 모습과 농경을 앞에 두고 빛과 구름과 바람이 최고의 상태가 되는 순간을 몇 시간이고 가만히 기다리는 나날입니다. 그러던 어느 날 눈앞을 사뿐거리며 가로지른 것은 다름아닌 북방여우들이었습니다. 눈밭에서 점프하거나, 우아한 몸짓으로 앉거나, 커다란 꼬리를 흔들며 나긋나긋하게 들판을 달려가는 그들의 실루엣은 그저 앉아서 때를 기다리는 나에게 감미로움으로 다가왔다고 해도 과언이 아닙니다. 그렇게 하루가 멀다 하고 매일매일 그들의 모습을 쫓게 되었고, 머릿속은 여우로 가득 차 마침내 그들을 카메라에 담는 일이 일상이 되었습니다.

돌이켜보면 그동안 여러 여우들을 만났습니다. 눈앞에 나타나 쓱 앉더니 단정하게 옆모습만 보여주는 여우, 발 아래까지 다가와 동그랗게 누워 잠을 자는 여우, 계속 짖어대며 나를 못살게 하는 여우, 다리를 잃고도 열심히 살아가는 여우, 지난 겨울의 끝 무렵에 태어난 여섯 마리의 새끼 여우들. 이들 가족이 초여름에 차에 치여 모두 하늘나라로 간 슬픈 사건도 있었습니다.

그리고 2016년 한겨울 어느 날에 만난, 눈이 휘둥그레질 만큼의 멋진 순간을 잊을 수 없습니다. 해질녘 연분홍빛 하늘 아래 북방여우 두 마리가 눈밭 위를 달려가는 장면, 그 순간을 이 책에 담았습니다. 지금까지 카메라에 담아 온 북방여우들을 대표하는 한 장이기도 합니다. 그동안 매일매일 찍어온 여우들의 사진과 아울러 여러분께 소개할 수 있어 정말 행복합니다.

여우들을 촬영하기 시작해 이 책이 나오기까지 많은 분들에게 크나큰 응원을 받았습니다. 문득 불안해졌을 때 위안의 안부 메시지를 보내주시는 분들이 적지 않았습니다.

'추운 곳에서 여우들을 기다리기 힘드시죠?'라며 간식을 보내주시는 분, '기름값이 많이 드시지요?'라고 후원금을 보내주시는 분, 따뜻한 커피를 들고 촬영이 끝나는 일몰까지 기다려주시는 분 등등 저의 촬영 작업을 지지해 주시는 분들이 한없이 떠오릅니다. 정말 많은 성원이 있었습니다.

그렇게 격려해주시는 여러분들이 계셨기에 이 책을 만들 수 있었습니다.

마음 깊이 감사드립니다.

이노우에 히로키

역자 후기

글을 옮기고, 책을 소개하는 일이 일상인 저에게 인연이라는 단어는 늘 가까이에 있습니다. 여러 인연들 중에서도 잊지 못할 각별한 인연은 뜻밖의 선물처럼 다가옵니다. 이번에 번역한 <안녕, 여우>가 그렇습니다.

서점에서 진행하는 원서 읽기 수업을 마친 어느 주말, 한 권의 책이 우연히 제 앞에 나타났습니다. 책을 건넨 수강생은 여행지에서 발견한 이 책에 마음을 뺏겨 끝내 한국어 출간을 결심했다고 말했습니다. 그때 그녀의 눈빛은 유난히 빛나고 있었습니다.

우선 표지 전면에 클로즈업 된 여우 얼굴에 매료되었습니다. "날 따라 와" 라고 속삭이는 듯한 여우의 두 눈동자에 이끌려 한 장 한 장 펼쳐보았습니다. 이내 아름답다는 뻔한 표현으로는 담을 수 없는 경이롭고 커다란 감정이 밀려왔습니다. 그렇게 두 손에 든 여우들을 쉬이 놓을 수 없었고, 이 책을 우리말로 옮겨 편집까지 맡게 되었습니다.

홋카이도의 겨울을 한 차례 경험해본 적은 있지만 이렇게 멋진 풍경을, 더구나 북방여우를 마주한 적은 없었던 제게 이 책은 고대했던 첫눈 같은 존재가 아닐 수 없습니다. 페이지를 펼치면 어느새 홋카이도의 드넓은 대지에 서서 여우의 발자취를 쫓는 카메라의 찰칵 소리를 곁에서 듣고 있는 것만 같습니다.

글을 옮기면서 여우들을 향한 저자의 따스한 눈길이 고스란히 전해져 내내 평온한 마음이 들었습니다. 어느 겨울 눈밭 위를 달리는 북방여우와 우연히 마주친 저자처럼, 독자 여러분께도 이 한 권이 어느 날 전해진 반가운 선물이 되기를 바랍니다.

북방여우들에게 포근한 겨울 안부를 전하며,
번역가의 서재에서 **박선형**

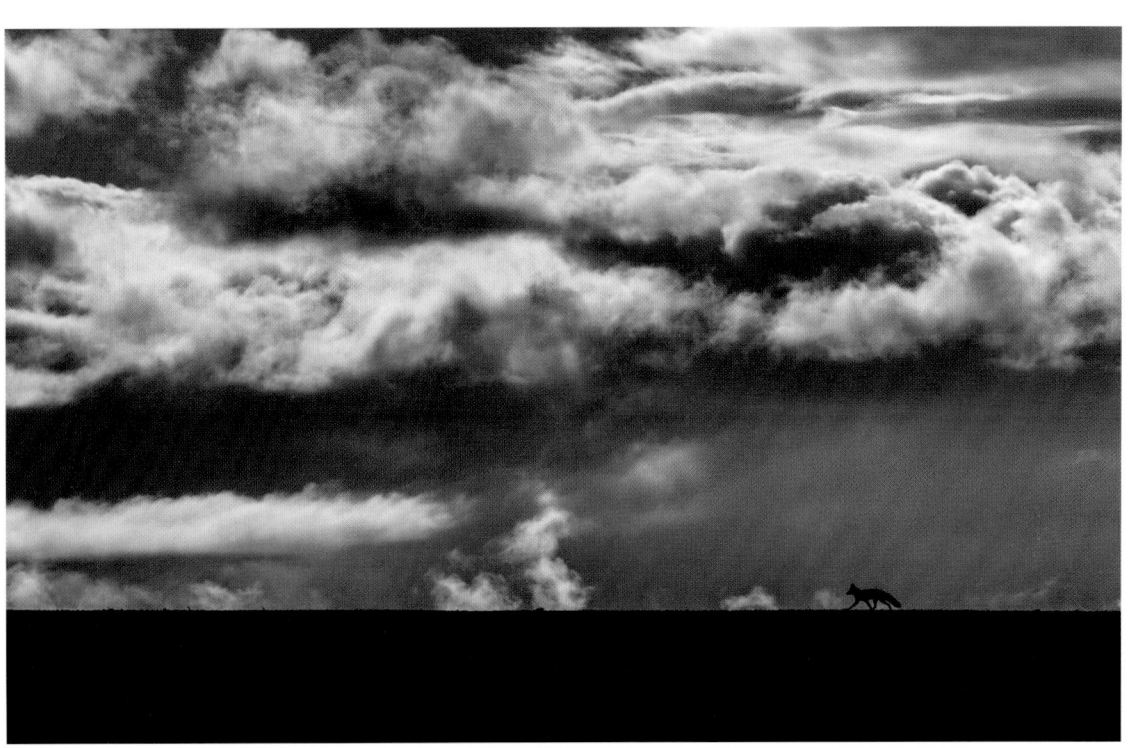

안녕, 여우

초판 1쇄 인쇄 2025년 11월 27일
초판 1쇄 발행 2025년 12월 15일

사진·글 이노우에 히로키
옮긴이 박선형

발행인 문성미
편집 박선형
펴낸곳 로즈윙클프레스
출판신고 제2024-000005호
이메일 rosewinklepress@gmail.com
인스타그램 @rosewinklepress

한국어출판권 ⓒ 로즈윙클프레스, 2025

ISBN 979-11-989496-3-9 (03830)

• 이 책은 저작권법에 따라 보호받는 저작물이므로 무단 전재와 복제를 금지하며,
  이 책 내용의 전부 또는 일부를 인용하려면 반드시 저작권자와 로즈윙클프레스의 서면 동의를 받아야 합니다.
• 파손된 책은 구입하신 서점에서 교환해 드리며 책값은 뒤표지에 있습니다.